O PALÁCIO JAPONÊS

JOSÉ MAURO DE VASCONCELOS

O PALÁCIO JAPONÊS

ILUSTRAÇÕES
JAYME CORTEZ
LAURENT CARDON

SUPLEMENTO DE LEITURA
LUIZ ANTONIO AGUIAR

MELHORAMENTOS

– PARA OS MEUS SOBRINHOS –

Brasinha da Nilce do Hélio de Porto Alegre
Cacá do André de Campinas
Celsinho do Nelson
Daniel do Jacques
Dorivalzinho do Dodô
Huguinho do Clemente
João Paulo (queridão) do Thomaz
Lico e Totó do Gut
Marcelo e Sérgio do Horácio
Márcio do seu Artur (Francisco) de Jundiaí
Marco Antônio do Ireno de Ubatuba
Maurício do dr. Biagio Motta
Pedrinho, Joãozinho e Arnaldinho do Arnaldo
Ricardo do Marcello
Paulo do Moysés Wainer
Tarcizinho do dr. Tarcízio de Natal

– E MAIS OS MENINOS GRANDES –

Décio Diêgoli
Jamil Francisco
Alcyr Zabeu
Oswaldo Bouças
José Higino
Marcos Flávio
Armando
João Roberto
e
Júlio
e para
Elvira Barcelos Sobral (Madrinha Vivi)

– SUMÁRIO –

PRIMEIRA PARTE
A FLOR DA VIDA 11

SEGUNDA PARTE
A OUTRA FLOR 51

A literatura de O *Palácio Japonês* 93
José Mauro de Vasconcelos 98

"QUANDO EM SUA VIDA APARECER O PALÁCIO JAPONÊS, TOQUE A SUA FLAUTA DA ALEGRIA COM MODULAÇÕES DE TERNURA."

SABEDORIA AO SABOR ORIENTAL

— PRIMEIRA PARTE —

A FLOR DA VIDA

PRIMEIRO CAPÍTULO

Se havia chuva ele se encolhia mais na sua tristeza e não tinha vontade de fazer nada. Parecia até que a preguiça se colava na ponta de cada dedo de sua monotonia e a rede da alma armava-se nos ganchos da indiferença. Ficava horas e horas com o rosto atrás da única vidraça da única janela do seu modesto quarto. Rosto colado contra o vidro a ver a chuva se derreter em gotas sobre as folhas do jardim maltratado. Achava bonito na sua pequena contemplação que numa terra igual nascessem duas árvores diferentes. E que flores assim vizinhas fossem tão diversas no seu formato e no colorido.

Se o dia se tornava cinza, feio e friorento, saía de casa, com as mãos no bolso, gola do paletó levantada escondendo o rosto magro. Os cabelos lisos e loiro-acinzentados caíam-lhe sobre a testa emoldurando-lhe os traços finos, os olhos quase azulados. Andava sem vontade de nada. Caminhava ao comprido das ruas, metia-se no meio da multidão se confundindo ao nada para também nada ser. Se tinha dinheiro comia melhor. Se tinha pouco dinheiro, alimentava-se de uma simples média e dois pães sem manteiga por ser mais econômico. Ou então deixava o estômago no vácuo até que encontrasse algum conhecido, uma pessoa amiga que lhe oferecesse dinheiro emprestado. Isso sem pedir. Sem pedir era mais uma garantia de que não precisava pagar.

O quarto da pensão, às vezes atrasava um pouco. Mas quando conseguia um bom negócio adiantava vários meses. A sua senhoria tinha pena dele e achava-o um bichinho de casulo, não incomodando em nada e sorrindo de uma maneira que só os anjos deveriam sorrir.

No atelier a sorte ainda o protegia mais. Porque o velho português, seu Matias, vaticinava que mais dias menos dias ele seria um grande artista e seus quadros valeriam muito. Por isso não se incomodava de receber um desenho, um quadro em paga de um aluguel bastante modesto.

– Um dia a mais, um dia a menos!...

Recebia em paga do consolo o mesmo sorriso que enchia de luz o seu rosto.

Mas hoje o dia estava lindo. O mês de abril aparecera naquele equilíbrio encantador. Dono de todo o azul do céu, trazendo o primeiro beijo do frio. Trazendo até um pouco de ânimo ao coração. Assim, sim. Dava vontade de procurar o atelier e trabalhar um pouco assobiando uma cantiga qualquer que ficava horas e horas repetidas na sua distração.

Acabava de se vestir e tentava colocar o cabelo no lugar, penteando-se. Antes mesmo de chegar à rua ele escorregaria pela testa, achando que aquele era mesmo o seu lugar.

Abriu a porta do quarto e decidiu sair. Antes mesmo de fechar a porta teve o cuidado de espiar se "eles" o seguiam. Os seus fantasmas da infância. Quando deixava passar o trenzinho e a canoinha, aí, sim. Caminhava pela rua, atravessava os sinais com cautela para que nada acontecesse aos seus fantasminhas imaginários que o seguiam abrigando-se na sombra da sua ternura.

No mais, Pedro era assim. Assim mesmo.

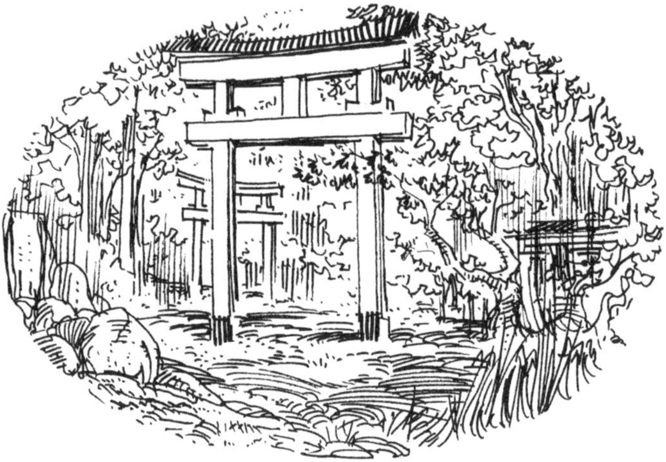

SEGUNDO CAPÍTULO

Na verdade, o que mais apreciava numa cidade como São Paulo era penetrar na Praça da República.

Olhar demoradamente o lago meio sujo, meio abandonado. Os peixes vermelhos nadando tão livres. Os irerês coçando as penas, enfiando a cabeça entre as asas. Encerando depois as peninhas coloridas com paciência, uma por uma.

Levantar a vista para as árvores e desejar ser um esquilo para poder se colocar bem junto dos pombos e conversar com eles. Bonito, quando os homens e as crianças jogavam miolos de pão ou grãos de pipoca.

Entretanto, o que podia existir de mais bonito na praça do que as crianças brincando no parque? Nada. Todas elas vestindo infância. Num alarido de pássaros sem gaiola. Jogando bola, correndo. Verdade que nenhuma delas trazia uma canoa ou um trenzinho como ele possuía.

Dali criava coragem para dirigir-se ao atelier.

Hoje procuraria demorar-se mais, porque o mês de abril, como dissera, estava de céu mais azul, tocara os rebanhos de carneiros brancos das nuvens para azular-se mais. O sol vinha tão macio com patas douradas iluminar a grama.

Procurou um banco vazio, sentou-se, agasalhou com cuidado os seus brinquedos na sua sombra para que ninguém os pisasse e fechou os olhos, levantando o rosto para melhor sentir o sol.

Alguém levemente se sentou na ponta do banco. Mas não ligou porque o banco era de todos, igual ao sol.

Quando sentiu o rosto confortado voltou a uma posição mais plana e olhou quem se sentara. A seu lado um velho, de cabelos brancos, rosto muito calmo, sorria para ele. Correspondeu ao sorriso de simpatia. Pensou mesmo que aquele rosto daria um belo desenho. Porque o sol brilhava mais nos seus cabelos bem alvos e criava mais luz nos olhos cansados.

– O senhor gosta muito de vir aqui, não?

– Sempre que o tempo está bonito eu venho. Numa cidade como São Paulo existem poucos lugares tão lindos como essa praça.

– Todos os dias eu o vejo contemplar os pombos.

– É verdade.

– Depois o senhor se debruça sobre as águas do lago para olhar os peixes vermelhos.

– Exato.

– Depois procura esse canto para melhor contemplar as crianças.

– Como descobriu tudo isso?

– Também sempre venho quando o dia está bonito.

Sem querer olhou os pés do velho e notou que seus sapatos eram diferentes e, subindo a vista, reparou que o seu trajar diferia de todo mundo. Vestia uma roupa japonesa toda preta e enfeitada com desenhos em vermelho e amarelo. Estranho que ninguém observasse uma figura assim. Vira algumas vezes japoneses vestidos em trajes típicos lá para o lado do bairro japonês, até pela Avenida da Liberdade...

Fixou mais o belo rosto do velho e descobriu que seus olhos eram mais mongóis agora.

– O senhor gosta muito de criança?
– É a coisa mais linda da vida.
– Mas gosta mesmo? Jura que gosta mesmo?
– Não preciso jurar. Porque dentro do meu coração esta é a verdade.
Fitaram-se compridamente. O velho suspirou.
– Ah! Se realmente isso fosse a verdade...
Guardaram silêncio, e foi Pedro que o interrompeu.
– Antigamente desenhar e pintar crianças era o que eu mais gostava de fazer.
– E agora?
– Agora, não sei. Nada do que faço dá certo. E pouca vontade tenho de fazer.
– Não acredita mais na sua arte?
– No momento, não.
– Por quê?
– O desânimo. O tempo que passa. O desinteresse. O peso das mãos sem vontade de nada realizar. Às vezes passo semanas sem fechar os dedos contra um pincel ou lápis.
– Não acredita nos motivos, na inspiração?
– A verdade é que não acredito em mim mesmo. Parece que não desejo mais nada. Que cheguei ao ponto máximo sem nada realizar a não ser...
– O quê?
– O limite da mediocridade alcançada... Só.
Teve vontade de fumar e apalpou os bolsos vazios.
O velho sorriu e retirou de um bolso misterioso da bata um maço de cigarros.
– Quer provar um desses?
Analisou o estranho cigarro nunca visto antes.
– Pode fumar sem susto. Eu também fumarei um.
Acendeu o seu e depois o cigarro de Pedro.

O gosto do fumo entrava suave nos pulmões e por um momento sentiu uma paz enorme no coração. Fechou os olhos e quando os abriu parecia que o céu se tornara mais azul e o verde das árvores transparecia de brilhos de sol.

– São bons estes cigarros.

– Dão paz e calma. Traduzem um pouco da sabedoria milenar do Oriente. A gente tem a impressão de que uma árvore é mais do que uma simples árvore. O céu tem mais significado do que um simples azul. E que a vida significa mais do que todo o seu desânimo avassalador.

Pedro não respondeu e tornou a fechar os olhos. Era impossível ninguém notar a figura do velho japonês. A ele mesmo, que frequentava o lugar continuamente. Mas não se importou com a observação porque, talvez fruto do bem-estar causado pelo cigarro, tudo parecia imiscuído na mais tranquila realidade.

O velho recomeçou a falar, mas Pedro permanecia de olhos fechados.

– Eu também adoro essa Praça da República. Os seus pombos, as suas árvores, os velhos plátanos que morrem dia a dia, as suas crianças. E sobretudo o Palácio Japonês.

Então Pedro ergueu-se de sua impassibilidade e abriu os olhos espantados.

– Que foi que o senhor disse?

– Isso mesmo que acabou de ouvir.

– O senhor falou em Palácio Japonês, se não me engano.

– Exatamente.

– O senhor está querendo na certa se referir ao quiosque chinês onde se realizam as retretas.

– Qual nada, meu filho. O Palácio Japonês é uma maravilha. Não existe coisa nessa praça que lhe chegue aos pés.

Olhou para o japonês meio desconfiado. Certo, aquele velho não era bom da cabeça. Onde já se viu um palácio assim em plena Praça da República? Tanto frequentara o local e nunca ouvira falar de tal coisa.

Engasgou ao perguntar porque sentia muito respeito pelos mais velhos.

– O senhor falou que esse Palácio fica mesmo na Praça da República?

Estendeu a mão e indicou um lugar.

– Bem ali. Mas nem todas as pessoas podem vê-lo.

– E eu?

– Você disse que gostava de criança, não disse?

– Claro.

– Se quiser poderá fazê-lo.

Alguma força o atraía para o assunto. Sem se controlar, segurou as mãos do velho japonês e implorou:

– Por favor, deixe-me ver o Palácio Japonês. Eu guardarei o maior segredo. Nunca o mostrarei para ninguém.

O velho riu.

– Mesmo que o quisesse mostrar... Não é dado a todo mundo a maravilha de ver todas as maravilhas.

Olhou-o longamente nos olhos e acreditou na sua sinceridade.

Tomou-lhe a mão esquerda e caminhou como se medisse os passos. Em dado momento pediu que fechasse os olhos e largou-lhe a mão.

Ouviu o ruído de leves palmas.

– Pronto. Agora pode abrir os olhos.

Apareceu-lhe defronte um caminho jamais visto. Grandes ramas quase se entrelaçavam. Uma réstia iluminada indicava um pequeno trilheiro.

– Nunca vira tudo isso antes.

— Entretanto sempre existiu. Vamos.

O caminho foi-se fechando cada vez mais como se a noite tivesse baixado na Terra. Só a réstia de luz servia de guia. Aos poucos o mato começou a rarear e o Sol novamente deu noção de sua presença. Até que tudo desembocou num campo enorme. Quase parou amedrontado.

— Ei-lo! O Palácio Japonês que só alguns privilegiados conseguem avistar. É todo seu.

Não poderia descrever, numa simples análise, a beleza que se delineava ante sua emoção.

Via as grandes grades circundantes do Palácio. E sobre os muros lanças pontiagudas ameaçavam o céu. Um grande portão, todo de ferro, se encontrava fechado como a garantir sua preciosidade. O resto era-lhe difícil analisar. Vira algo parecido àquilo no cinema. Em reproduções. Parecia um templo enorme cravado nos séculos. O grande teto terminava em pontas compridas que se dirigiam também para o alto. Dividia-se em duas partes o Palácio. No andar de cima as paredes possuíam um vermelho nacarado e no inferior apenas um branco tão branco que doía na vista. Nenhuma porta, nenhuma janela. Se existissem estavam totalmente abertas.

Pedro ficou imóvel assistindo a tudo.

E não havia guardas no portão nem no grande terraço. Nem mesmo ao pé da escadaria de mármore que parecia rodear todo o conjunto.

O japonês adivinhou-lhe os pensamentos.

— Seus guardas são o próprio mistério.

Mesmo assim os olhos de Pedro achavam-se presos ao fascínio de tamanha maravilha.

— Não lhe disse que era a coisa mais bonita da Praça da República?

— De fato. Tão lindo como num sonho. Infelizmente, ao acordar, toda essa beleza vai desaparecer.

— Nunca mais. Enquanto houver um êxtase puro nas coisas belas, jamais essas mesmas coisas desaparecerão.

— E agora?

— Agora, nada. Preciso ir. O Palácio Japonês é seu.

— Por que não vem comigo? Tenho um certo medo.

O velho sorriu.

— Não há razão. Você sabe que ele agora é seu.

— Devo me aproximar?...

— Enquanto você se aproxima eu digo o meu adeus.

— Por favor...

— Minha missão foi cumprida. Você foi procurado no momento certo. Tudo na vida vem na hora que está para vir.

— E se eu precisar voltar?

— Saberá o caminho de ir e vir quantas vezes quiser. Aproveite, é tudo quanto posso dizer, cada momento que por aqui passar. Ande como se caminhasse pisando em veludo, porque a ternura é doce demais. Adeus.

Sem se virar, escutou que os passos se afastavam e no coração, num lapso de tristeza, sentiu maior ainda a certeza de que nunca mais veria o velho japonês de rosto tão suave e belo.

Andou bem mansamente como lhe fora recomendado.

Terceiro Capítulo

Junto às grades pôde observar melhor. Grandes tigres de bronze resguardavam a Entrada Principal. Um pequeno lago muito azul surgia bordado por pedras brancas arredondadas. Uma ponte ligava o jardim, passando sobre o lago. Plantas estranhas e finas balançavam-se ao vento. E pessegueiros e macieiras esparsamente mostravam suas flores perfumadas. Umas brancas, outras róseas.

Estava enlevado espiando tudo, quando ouviu o grito de uma criança. Descendo a escadaria quase correndo, atravessou a ponte enquanto uma voz de homem chamava em tom bem alto.

– Tetsuo!... Tetsuo!... Cuidado, meu Príncipe!

Mas o menino não obedecia. Correndo quase ofegante chegou-se a Pedro e segurou fracamente as suas mãos.

– Você veio... Eu sabia que você vinha.

Viu que os olhos da criança se encontravam cheios d'água. E sua voz suplicava-lhe, ao mesmo tempo que respirava arfante e tentava prender suas mãos com mais força entre as grades.

– Por favor, fique. Não vá embora. Eu sei que você não vai embora, não é?

Sorriu para o rosto angustiado do pequeno garoto.

– Não, meu filho. Não irei embora.

Pôs-se a reparar no menino. O que o fascinava mais era o rosto branco e transparente, palidamente luminoso. Os lábios também apareciam quase sem cor. Os olhos brilhavam como uma luz febril. Sua pele era tão alva, onde quer que olhasse, que parecia de porcelana a se azular. Suas mãos também acompanhavam aquela fragilidade da face.

Encontrava-se vestido em estilo japonês, e seu cabelo muito negro reverberava ao sol já forte.

Um velho também vestido à moda japonesa se aproximou dos dois e sorriu.

– Tetsuo, meu Príncipe, você não pode correr assim. Você sabe que não deve.

– Titio, não o deixe ir embora. Não o deixe. Prometa-me.

O velho alisou os cabelos do menino.

– Se você também prometer que sai desse sol e vai se sentar no terraço, eu prometo.

Contudo, o menino não parecia querer soltar as mãos de Pedro.

– O sol assim forte lhe trará cansaço e mais febre, Tetsuo.

– Você fica?

Novamente os olhos se molhando naquela maneira tão linda de implorar.

– Se você obedecer ao Titio, eu juro que fico.

– E vem brincar comigo no Palácio?

– Vou sim.

Ele desvirou-se e caminhou com calma, foi atravessando a ponte e no meio olhou para ver se Pedro não desaparecera. Só então subiu os degraus da escadaria e foi-se perder no interior do Palácio.

– Não quer entrar, Pedro?

Espantou-se. Como adivinhara o seu nome? E, antes de perguntar-lhe, a resposta se fez precisa.

– Nós o esperávamos há muito tempo. Meu nome e Kankuji, o Mestre.

Encaminhou-se para o portão e aguardou a presença de Pedro. Sem tocar em nada, as grandes grades foram se descerrando.

– Entre, por favor.

Seguiram lado a lado pelo jardim e principiaram a cruzar a ponte.

Não se esquecia das recomendações do velho japonês que o guiara até ali. Pisava tão de leve a ponto de não sentir onde pisava.

– Foi bom você ter vindo.

– Mas por quê?

– Com o tempo você o saberá. Só lhe pergunto se não sente um agradável bem-estar no coração, sente?

– Como há muito não o sentia.

O resto do trajeto fizeram em silêncio. Subiram as escadas de mármore e na grande sala, numa grande poltrona, que destoava da decoração típica, afundava-se Tetsuo.

Tetsuo não se levantou, mas aguardou a aproximação dos dois com um sorriso de felicidade.

Novamente Kankuji, o Mestre, adivinhou-lhe os pensamentos.

– Foi preciso que fizéssemos uma decoração de vários estilos. Na realidade existe muito mais conforto nas coisas ocidentais. Temos no Palácio várias dependências ao modo de muitos países que viajamos.

Kankuji, o Mestre, trouxe uma cadeira para que se sentasse próximo ao Principezinho.

– Pedro, você vai ficar comigo, não vai?

Tornou a se impressionar com os brilhantes olhos febris do menino.

– Um pouco.

– Um pouco, não. O dia todo. Sabe, nós poderemos de tarde passear no jardim. Se a minha febre não aumentar, assim que o Sol se esconde, Titio deixa que eu brinque no lago, passeie no jardim e acaricie as flores. Você gosta de flores, não gosta, Pedro?
– Muito.
– Então seremos grandes amigos.
Pedro sorriu e o menino ensimesmou-se.
– Mas eu acho que já somos muito amigos.
– Se somos.
Um pensamento atravessou a alma de Pedro. Parecia conhecer o Príncipe havia muitos anos.
O menino empertigou-se na cadeira.
– Titio, o senhor deixa eu mostrar o Palácio a ele?
– Calma, calma, Tetsuo. Você precisa descansar um pouco mais. Fez um esforço muito grande hoje.
Tomou o pulso do menino e sentiu-o muito agitado.
– Não falei?
Bateu palmas e chamou um criado. Enquanto este não vinha, enfiou a mão no bolso da bata e retirou um minúsculo comprimido.
Recebeu o copo aparecido numa salva de prata e colocou o remédio enquanto aproximava dos seus lábios a água.
– Beba devagar, Tetsuo. Agora recline a cabeça na poltrona e feche os olhos. Não se mova durante os cinco minutos necessários.
Tetsuo segurou a mão de Pedro e foi obedecendo mansamente às ordens recebidas.
Pedro tornou a sorrir.
– Não tenha medo que não vou fugir.
Enquanto esperava, divagou a vista pela sala enchendo os olhos da beleza que havia em cada parte. Lindos tapetes

de seda bordada esticados nas paredes, onde sempre três cores se salientavam. Primeiro, o vermelho. Em seguida, o preto e o branco. Estranhos dragões de louça, cães de faces achatadas em tons azulados. Galos misteriosos também de cerâmica, apresentando tons furta-cores.

– Pronto, Tetsuo.

– Puxa, Titio, como demorou a passar!

– Que modo de falar, menino. Você aprende o que não devia com muita rapidez.

Reprovava, mas não existia zanga no seu falar.

– Posso ir agora, Titio? Por favor.

– Está bem. Mas nada de andar depressa nem de subir ao segundo pavimento. Porque se me aparentar cansaço, serei forçado a deitá-lo. O que será pior.

– Não se preocupe, senhor. Eu tomarei conta dele.

Saíram de mãos dadas atravessando a grande sala.

– Primeiro vou lhe mostrar a minha sala de brinquedos. É a primeira.

Havia um mundo de jogos, de livros e sobretudo bichinhos de corda. Cães que brincavam com bolas entre as patinhas, gatos que rolavam pequenos ratos entre as presas, focas amestradas equilibrando bolas de quatro cores, macacos tocando bumbos, elefantes suspendendo escadas...

– Deixe que eu dê corda neles. Você poderá se cansar.

E sorriram alto ante o barulho daquele mundo encantado se movimentando ao mesmo tempo.

Pedro pensou nos milhares de meninos pobres que nunca tinham visto aquela maravilha. Entretanto, Tetsuo sentou-se por um momento e olhou-o com muita tristeza.

– Contudo, Pedro, nunca me deixaram brincar com uma bola. Eu trocaria tudo isso por uma bola. Trocaria tudo e ainda a bola, se a tivesse, para poder nadar no lago, brincando com as carpas...

Saíram da sala de brinquedos e recomeçaram a caminhada.

Dois dragões imensos e cavalos em tamanho natural enfeitavam a grande sala das armas. Um mundo de facas, lâminas de vários formatos a que Pedro não sabia classificar. Eram adagas, alfanjes, espadas, foices, machadas e facas de todos os tamanhos.

— Sentemos um pouco, Tetsuo. Essa sala parece-me muito importante.

Obedeceu ao pedido de Pedro.

— Aquelas são armaduras dos samurais, antigos guerreiros que defendiam o povo contra os feudos. Existem armas medievais. É a coleção mais preciosa, talvez, do Palácio.

— Como você sabe de tudo, Tetsuo?

— Quando não estou passando muito bem, Titio me traz aqui e fica lendo e explicando as lendas tradicionais de minha terra e da minha gente. Ensina-me a História por meio de dissertações.

— E você aprende tudo, não?

— Muita coisa. Porque o assunto é bom de se estudar. Muitas dessas armas e armaduras foram importadas de outros países orientais. Nem tudo pertenceu ao Japão. Vieram dos grandes antiquários da China, de todas as partes da Ásia. Aquela coleção de facas estranhas foi comprada em Cingapura. As máscaras em Bali. Os dragões em Hong Kong. Eu mesmo assisti a várias compras.

— Você viajou muito?

— Quase todo o mundo. Enquanto havia esperança viajávamos muito...

— Esperança, Tetsuo?

Sorriu conformado.

– Sim. Esperança de que eu me curasse. Visitamos todos os especialistas do mundo. É assim mesmo. Os livros das Ciências Eternas me classificaram como um dos milhares de meninos escolhidos para um fim que não poderei explicar a você tão já. Um dia, o saberá.

– Que idade tem você, Tetsuo? A sua sabedoria me confunde.

– Oito anos, apesar da minha fragilidade aparentar menos, não é? Mas não importa; a verdade é que tenho oitenta, oitocentos, talvez mais de oito mil anos, ou seja, a mesma idade do primeiro homem.

Pedro não sabia explicar por que sentia um certo arrepio ouvindo o Principezinho.

Sorriu como só ele podia fazer para Pedro.

– E você não quer mais viajar?

– Não se trata de querer. Não posso. Minha missão termina aqui. Escolhi o Brasil e essa praça porque você, Pedro, é parte de minha missão.

Pedro continuava intrigado, mas nem adiantava perguntar alguma coisa porque o menino, na maioria das vezes, antecipava os seus pensamentos e os seus anseios.

– Por que o Brasil, Tetsuo?

– Por ser diferente, totalmente diferente do nosso mundo. E por você.

– Mas não acha que o nosso povo...

– Isso não existe. O homem é igual em toda parte. O que importa é o coração. Aqui o coração do homem é mais moço, mais virgem e mais fácil de tratar e ser compreendido.

Pela primeira vez, de relance, Pedro se lembrou que o seu coração não era um órgão muito equilibrado. Saberia disso Tetsuo? Mas não se arriscava muito a perguntar-lhe.

– Pedro.

– O que é, meu Príncipe?
– Você se zangaria se eu mostrasse o resto depois? Amanhã...
– E se não houver amanhã?
– Pedro, você está brincando. Sempre haverá a eternidade do dia e da noite. Portanto, sempre haverá o amanhã.

O rosto do menino mostrava indícios de cansaço. Sem nada pedir, abriu os braços. Pedro abaixou-se e suspendeu-o no colo. Retornou pensando ainda na observação do velho japonês. Seus passos pisavam sem sentir o corredor que o levaria até a grande sala.

Kankuji, o Mestre, ergueu-se, retirando os óculos e abandonando a leitura.

– Viu, seu traquinas, fez esforço demais.

Ajudou Pedro a depositar o Príncipe sobre um sofá.

– Não é isso, Titio. Eu só estava um pouquinho cansado. Fiz fita para que Pedro me carregasse um pouco.

– Mas Pedro também não é um moço de muita saúde.

– Senhor, ele pesa menos do que o mais leve de todos os meus pincéis.

Cobriu o menino com uma colcha de seda e retirou antes os seus sapatos de pano.

– Quer ouvir um pouco de música, Tetsuo?

– Se Pedro não se opuser.

Pedro imaginou o que iria escutar de estranho. Mas Kankuji, o Mestre, abriu um sorriso.

– Não se impressione. Ele gosta de tudo. Aprecia demais Albinoni, Mozart, Haydn, Bach, Vivaldi, Haendel...

– Por favor, Titio, Beethoven e Wagner, não. São muito barulhentos.

Pedro soltou uma grande gargalhada.

Kankuji, o Mestre, saiu e voltou com um pouco d'água. Entretanto, a música não era nada do falado e sim as Variações Sinfônicas de Cezar Franck executadas bem suavemente.

– Vamos tomar mais essa pílula, descansar quinze minutos e pensar em almoçar.

Lembrando-se de algo, o Mestre perguntou:

– O senhor fica para o almoço, pois não?

Queria negar-se ao convite, mas os olhos do Principezinho imploravam de tal maneira que não saberia negar.

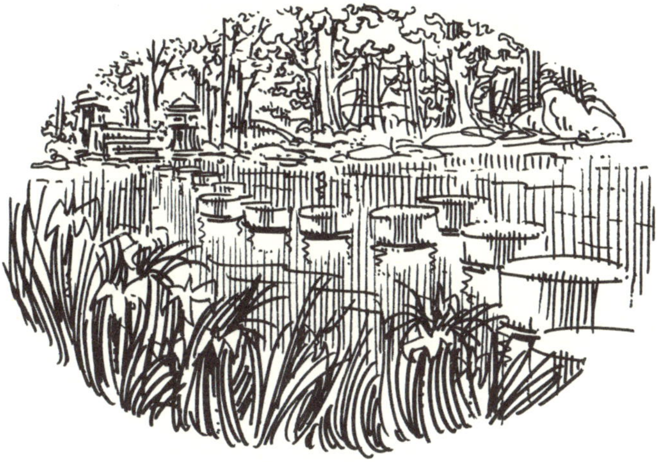

QUARTO CAPÍTULO

Era uma mesa comum, se bem que muito grande. O Príncipe acomodara-se na cabeceira, mas recostado em grandes almofadões bordados.

– Vamos ver, Tetsuo, se pelo menos hoje você come direitinho.

Pedro olhou desanimado para o seu lugar. Nunca experimentara e não iria nunca acertar comer com aqueles pauzinhos. Todavia, Kankuji, o Mestre, bateu palmas e o criado apareceu.

– Traga talheres para o senhor, Wang Lun.

Onde já ouvira ou lera aquele nome? Talvez num filme, mas o nome era bastante conhecido para Pedro.

Enquanto Kankuji servia, o Principezinho comentou:

– Pode tanto ter sido num filme como num romance. É o personagem principal de *A Boa Terra*.

Realmente agora se lembrava. Mas o estranho de tudo era Wang Lun ser personagem de um livro chinês ou escrito sobre a China.

– Ele é chinês na realidade. Qualquer pessoa de qualquer nação pode trabalhar no Palácio Japonês. Basta querer.

Mudou a conversa para o cardápio.

– Para nós, isto é, para mim, comerei carne de porco à moda oriental, com mel. É mais digestivo, acho eu. Para o senhor, mandei preparar uma carne assada com belas batatas coradas. Prefere outra coisa?

Como preferir? Lembrava-se de que, na véspera, nem sequer almoçara direito e que a fome costumava ser o seu melhor cardápio. Balançou a cabeça mostrando satisfação.

– O senhor precisa se alimentar bem. Está bastante emagrecido.

Comeram em silêncio. E se por acaso levantava a vista em direção a Tetsuo, via que o tio também o observava satisfeito, por ele estar almoçando bem.

Finda a refeição, novamente apareceu Wang Lun.

– Precisamos levar o Príncipe aos seus aposentos.

Tetsuo sugeriu rapidamente:

– Pedro bem que podia me levar.

– Não, Tetsuo. Pedro não é tão forte assim para levá-lo até o segundo pavimento. Wang Lun está mais acostumado.

– Mas ele poderá, pelo menos, nos acompanhar. O senhor deixa, Titio?

– Com a condição de não se demorar. Essa hora de repouso é sagrada para você.

No quarto, Tetsuo foi deitado num grande leito, macio e muito confortável. Retiraram-lhe novamente os sapatos e o enfiaram sob as cobertas cheirosas.

Wang Lun fechou as cortinas e uma sombra aconchegante povoou o quarto.

– Você não se irá, Pedro. Você prometeu que ficaria para passearmos quando o sol estiver mais fraco.

– Se você dormir, bem quietinho, ficarei com você até o entardecer.

– Mas eu queria só dizer uma coisa mais.

– Diga.

– Chegue-se perto de mim.

Debruçou-se sobre a cama e sentiu seu pescoço invadido por dois braços. Tetsuo colou o rosto contra o dele com a barba por fazer.

– Era só isso.

Por um momento Pedro sentiu um abalo na crosta do seu grande abandono. Por pouco não deixaria transparecer sua emoção em lágrimas. Ele sabia o seu segredo. Na sua alma sempre houvera o abraço da solidão. Em seu coração o carinho do desalento e em suas faces, apenas e às vezes, a leve carícia de um vento anônimo e vagabundo.

Afastou-se aos poucos e cobriu os braços que se acomodavam lentamente no leito.

– Durma em paz, meu doce e caro Príncipe.

Saiu acompanhado de Kankuji, o Mestre. Dessa vez tinha a absoluta certeza que se sentia caminhar sobre a ternura.

– Vamos até a biblioteca. Lá é um lugar bem calmo e acolhedor. Lá poderemos conversar um certo assunto que me interessa muito.

Acomodados que estavam, apenas esperavam a chegada de Wang Lun. Tinham escolhido, em vez de café ou saquê, uma simples chávena de chá.

– Sou-lhe muito grato por ter vindo.

Pedro sorriu.

– Na verdade, nem sei por que vim.

– O destino se encarregará das respostas.

– A verdade também é que estou muito contente por ter vindo.

Kankuji entreabriu uma caixa de laca e ofereceu-lhe cigarros.

– Não deveria fumar. O médico me proibiu duas coisas: o cigarro e o álcool. Nas vezes que fumo passo as noites sem poder respirar. Muitas vezes recostado na cabeceira da cama, tentando forçar o ar a penetrar no meu peito.

– Eu sei. Mas desse pode fumar que nenhum mal lhe advirá.

Olhou longamente o rosto fino de Pedro.

– O senhor precisa e deve me ajudar. Faz muito tempo que o Príncipe não se interessa por coisa alguma ou por qualquer pessoa. Fiquei pasmo da reação dele com a sua presença. O senhor poderia vir todos os dias ou o maior número de vezes que pudesse.

Engoliu a emoção.

– Precisamos dar o máximo de ternura ou, melhor dito, o máximo da relativa felicidade a quem tem os seus dias contados.

Então era isso? Daí a cor estranha da criança e as mãozinhas sempre ardendo em febre.

– Ele sofre de uma doença incurável. Uma espécie de moléstia azul que o poderá levar de um momento a outro.

As garras da mágoa espicaçaram as dobras da tristeza de Pedro. Nada podia dizer. Mas sentia-se terrivelmente abalado. Morrer tão moço...

– Não existe idade, quando ela precisa vir. Mas enquanto vivo pretendemos ampliar os pequenos galhos da árvore da sua alegria.

Implorou emocionado:

– O senhor virá?

– Farei o possível, Mestre.

– Pagaremos o que quiser pelo seu trabalho. Pela sua companhia benfazeja.

Não se tratava disso. No momento nada fazia. A inspiração fugira de há muito para bem longe. Seu tempo se esticava indolente à espera de um possível retorno ao seu trabalho.

– Viria sem cobrar nada. Cobrar o quê? Cobrar pelo pouco de ternura que poderei receber?

– Ao mesmo tempo receio que o senhor se apegue ao menino. Não quero que, ao partir, Tetsuo deixe um vazio maior na sua solidão.

Calaram-se, e dessa vez Kankuji, o Mestre, tornou a encher de chá a sua xícara.

– Não será obrigado a vir.

– Mas virei. O senhor, que lê o pensamento da gente, sabe que estou tremendamente apegado ao Menino-Príncipe.

– Quem sabe se aqui não reencontraria motivos para a sua inspiração. Olhe que o Palácio oferece belezas dificilmente igualadas. Poderia trazer seus pincéis, suas telas, suas tintas, enfim, o que quisesse.

Um lampejo de sonho perpassou-lhe o pensamento.

Que lindo mesmo se conseguisse retratar a figura frágil e transparente do Príncipe! A febricitante expressão daqueles olhos sem dor que não ignoravam a grande sombra aproximar-se...

Kankuji encarou-o fundamente e seus olhos traduziam um a um os seus claros pensamentos.

– Agora repouse ali naquele divã. Faça um pouco de sesta porque seu organismo precisa também. Descerrarei as cortinas e quando for necessário Wang Lun virá despertá-lo.

Levantou-se e, antes de fechar a porta da biblioteca, desejou:

– Que a paz esteja em cada minuto do seu repouso.

QUINTO CAPÍTULO

Estava sentado no terraço e aguardava a tarde simplesmente.

— Já podemos, não podemos, Titio?
— Espere um pouco mais, Tetsuo. Ainda existe muito sol.
— Isto é terrível, Titio. Quando o sol desaparecer eu logo terei que entrar porque o frio da tarde vai aparecer...
— Deixe de reclamar. Você hoje foi um menino formidável. Comeu bem, descansou bastante, recebeu um grande amigo e vai passear no jardim.

Ficaram mudos, observando a calma da vida nas árvores sem vento. No lago que tomava uma cor azulada mais escura. E o verde das plantas tornava-se de uma opacidade encantadora.

— Agora sim, meu filho. Mas antes venha cá.

Apanhou um pequeno chapéu de palha e colocou na cabeça da criança.

— Titio, não gosto de abafar minha cabeça.
— Não é gostoso mesmo. Mas se torna necessário. Depois, você fica com um rosto lindo quando põe esse chapéu. O senhor não acha?
— Fica tão lindo que um dia pintarei o seu retrato com esse chapeuzinho.
— Promete que faz mesmo?
— Juro se o quiser.

– Então vamos, vamos logo porque a tarde passa depressa como tudo que é bom.

Antes de descer a escadaria ainda ouviu as recomendações de Kankuji, o Mestre.

– Vá com calma, Tetsuo. Sobretudo não correr nem se excitar muito.

Desceram contando os degraus da escadaria em voz alta e de mãos dadas.

– Aonde iremos primeiro?

– Primeiro...

Relanceou a vista nos jardins que circundavam o Palácio.

– Não teremos tempo de visitar tudo de uma só vez. Portanto, primeiro vamos atravessar a ponte.

Caminharam para lá e estacionaram bem no meio.

– Olhe. Todas as carpas me conhecem. Eu invento nomes estranhos para elas.

Pedro viu que os peixes tinham se colocado sobre as suas sombras debruçadas no parapeito do lago. Como se evitassem os últimos raios de sol para melhor enxergar.

– Aquela maior é a rainha das carpas. Batizei-a de Ciningua. Aquela mais gorda é Poleia. Tem preguiça de nadar e quando o faz é lentamente, como se economizasse movimento. Ah! Pedro, existe um mundo tão vivo nesse lago! Se você soubesse de tudo...

Puxou-o pela mão e voltou para perto das águas do lago.

– Vamos alimentá-las. Eu trouxe miolo de pão escondido no bolso. Sempre o faço assim. Titio não sabe que eu enfio a mão na água.

Olhou Pedro sorrindo.

– Você não vai contar, vai?

– Não, não contarei. Mas não permitirei que você fique muito tempo fazendo algo que o prejudique.

Sentaram-se numa pedra, e peixes de todos os feitios e de todas as cores se acercaram do local. Ficava fascinado com os peixes vermelhos de caudas douradas a revolutear numa elegância indescritível. Parecia que eram cônscios de toda a sua grande beleza.

Tetsuo mergulhava a mãozinha e distribuía miolos enquanto ordenava:

– Chega, Ciningua. Agora, Poleia. Vamos, Landrusa, se você demora muito os outros comem tudo.

Trocou de mão e continuou alimentando os peixes, chamando os nomes mais excêntricos possíveis, mas que ficavam bem ao peixe denominado.

Parou um pouco e fitou desesperado o rosto de Pedro.

Gemeu baixinho:

– Pedro, minhas mãos estão geladas. A água está muito fria. Pedro, minhas mãos estão doendo muito.

– Venha cá.

Ajoelhou-se e pôs-se a massageá-las.

– Está melhorando? Você não devia ficar tanto tempo com as mãos dentro d'água.

– Hoje eu abusei um pouco. Nas outras tardes eu apenas jogo o pão...

Prendeu as mãos da criança entre as suas para aquecê-las.

– Que mãos quentes você tem, Pedro.

E, tomado de súbita ternura, trouxe as mãos de Pedro até o seu rosto e alisou-se nelas. Depois virou a boca e beijou as duas mãos de Pedro.

– Não faça assim, meu Príncipe.

– Por quê?

– Você é um Príncipe e eu é que deveria beijar as suas mãos.

— Pedro! Pedro! Você não entende. Eu não estou beijando as suas mãos. Eu beijo apenas as mãos da vida. É tão difícil para mim viver e você está me concedendo a vida. Tão fácil certas coisas para os outros. Mas para "mim", especialmente para mim, a coisa mais difícil do que se chama vida é viver.

Calou-se emocionado e soltou as mãos de Pedro.

Com as costas da mão limpou as lágrimas que desciam pelas faces.

— Ora, não faça assim. Seu Tio pediu para que não se emocionasse.

— Foi sem querer. Apenas um momento de fraqueza. Prometo que não se repetirá.

Ergueram-se os dois e caminharam.

— Aonde iremos agora?

— No jardim das macieiras e pessegueiros. O cheiro das flores me faz bem. Abre as venezianas da alma.

— Sua mão agora está quente. Até quente demais.

— É assim mesmo. Não se importe.

Tomaram um atalho.

— Esqueci de mostrar a você as minhas rãs prediletas. Ora, é tanta coisa que num dia só não dá mesmo.

Caminharam em silêncio. Tetsuo ergueu a vista para Pedro e sorriu.

— Pedro, você gosta de mim?

— Certamente gosto.

— Mas gosta muito? Não é suficiente para mim gostar.

— Com todo o meu coração.

— Assim é melhor. Você seria capaz de responder a uma pergunta com toda a sinceridade?

— Não é meu feitio mentir. Pode perguntar.

– Eu sou um menino horrível, não sou?

– Não é verdade. Você é o menino mais lindo e mais terno que conheci até hoje. Verdade que tenho conhecido muito pouca gente na minha solidão.

– Obrigado, amigo. Era o que eu queria saber.

Com o entardecer, as flores dos pessegueiros e das macieiras pareciam mais lindas. Era como se tivessem substituído na terra as nuvens do ocaso.

– Vamos nos sentar no banco, Pedro. Dentro em breve Titio tocará as sinetas de recolher. Então voltarei para a noite, porque a noite é muito mais minha do que o dia. Terei que voltar para perto das velas e dos círios.

No banco, Tetsuo reclinou a cabeça contra o braço de Pedro e novamente o coração do homem foi invadido por aquela doçura imensa que não sabia explicar.

Os últimos raios de sol se recolhiam no bolso da noite que não tardaria a aparecer. Um vento friinho, friinho remexeu as árvores e alisou as águas do lago.

– Todos foram dormir.

Pedro sentiu o aroma das flores aumentando com a brisa.

– Que lindas as flores, Tetsuo.

– De que flores você fala?

– De todas.

Levantou a cabeça e riu de uma forma como ainda não o fizera.

– Para mim, só existem duas flores importantes, Pedro. Elas estão em minhas mãos.

Apresentou a mão esquerda fechada e entreabriu-a delicadamente.

– Esta, a flor branca da vida.

Suspendeu a outra mão.

– E esta, a mais linda das flores. A mais escura, a mais

calma: a flor da morte. Suas pétalas são forradas de veludo macio e negro, para amparar com carinho a flor da vida.

– SEGUNDA PARTE –

A OUTRA FLOR

༄ PRIMEIRO CAPÍTULO ༄

Carmélio Cruz acabara de encontrar seu Matias no empório. Tinha ido comprar um pedaço de queijo e um filão de pão.

Sorriu para o português.

– Será que dessa vez eu encontro aquele maluco?

– É capaz. É capaz. Ultimamente ele tem trabalhado muito. E somente de noite. Fica escondido a noite toda e vara até a madrugada. Muitas vezes eu o vejo sair já manhãzinha.

– Isso não é nada bom. Ou ele passa semanas sem nada fazer ou se mata de trabalhar.

– Já lhe falei muitas vezes. Mas você, que é artista também, sabe como são os artistas. Se não fossem diferentes... não seriam artistas.

– Então eu vou correndo lá. Quem sabe se dessa vez terei melhor sorte?

Chegando no corredor, ao fundo ele avistou luz por baixo da porta. E, se aproximando, viu que a janela deixava escapar mais luz ainda. Ou ele estava ou se esquecera de apagar a luz.

Abriu a porta e encontrou Pedro adormecido no chão, em cima de uma cama feita de jornais.

Chamou-o, agachando-se e sacudindo-o.

– Mas rapaz! Isso é lá jeito de alguém dormir...

Pedro sentou-se e esfregou os olhos. Sentia o corpo enregelado, o que o obrigou a massagear os braços.

– Fiquei sem coragem de ir para casa. Deitei um pedacinho e peguei no sono.
– Por onde diabo tem andado você? Procurei-o por todas as partes, e você deu um chá de sumiço que não foi sopa.
– Por aí mesmo.
Levantou-se de todo e se espreguiçou. Apagou a luz.
– Espere aí que vou lavar o rosto na bica e já volto.
Não se demorou muito e voltou.
Carmélio estava sentado num tamborete e espiava intrigado uns desenhos do amigo.
– Onde você arranjou isso?
Apresentava um esboço na mão.
– São meus últimos esboços. Uma pesquisa que às vezes penso que presta, mas ainda não estou convencido disso.
– Tem café ou alguma coisa que se beba?
– Só água.
– Nem uma faca?
– Um velho canivete serve?
– Dá. Vamos comer sanduíche de pão com queijo. O pão está ainda quentinho, estalando.
Puxou outro tamborete e se acomodou perto de Carmélio Cruz.
Recebeu o sanduíche e mastigou devagar. Enquanto Carmélio comia o seu, pôs-se a analisar o rosto abatido de Pedro.
– Rapaz, você está desaparecendo de magro. Está ficando mais fino do que envelope aéreo. Precisa comer melhor...
– É mesmo. Mas até que ultimamente eu tenho almoçado bem lá no Palácio.
– Que Palácio?
– No Palácio Japonês.
– Que novidade é essa?

— Ora, lá mesmo. Está vendo aquela pilha de desenhos encostada na parede? Tem guache, aquarela, nanquim e estou pintando três óleos. Tudo é estudo que eu faço lá.

Mastigou mais e Carmélio notou que ele falava com grande seriedade.

— Quando a gente acabar, vamos ver tudo.
— Como vai Helena?
— Daquele jeito. Você precisa aparecer em casa. Quer almoçar hoje lá?
— Hoje não dá. Já tenho compromisso. Fica para logo...

Levantaram-se.

— Vamos ver o que você andou fazendo tão escondido?

Começou a remexer nos trabalhos encostados na parede. Os olhos de Carmélio cresceram de admiração.

— Mas isso tudo é muito lindo!
— Ainda não estou bem certo.
— E esses tigres? Que mania deu agora em desenhar só motivos japoneses?
— É como contei. Eu passo o dia no Palácio Japonês.

Ante o espanto do amigo, confirmou, meio contrariado:

— Você acha que se não houvesse o Palácio eu lá saberia imaginar tanta coisa assim?
— Você deu uma maravilhosa virada. Que desenhos, sô! A imaginação até parece coisa do Grassmann, e os traços são nervosos e vivos como os do Cortez.
— Faz tempo que não vejo trabalho de nenhum deles. Em pessoa faz séculos que não os encontro.

Ainda incrédulo, Carmélio ia e vinha com os desenhos na mão. Ora os colocando sobre a mesa de trabalho, ora voltando a recostá-los. Não cabia em si de admiração. Alguma coisa muito estranha estava se passando com Pedro.

— E esse menino?

– É o Príncipe Tetsuo.
– Deus do céu! Parece que ele é todo de porcelana.
– Nos desenhos não dá para ver bem. Vamos ali no fundo olhar os retratos que estou pintando dele.

Desemborcou as três telas e foi colocando uma por vez no cavalete.

– Esses dois aqui, preciso trabalhar muito. Mas este...

Carmélio ficou fascinado com o retrato de Tetsuo em cores.

– Mas é uma beleza! É realmente uma maravilha. Parece vivo, inteiramente vivo. E essa sombra azulada que você lhe dá no rosto é um achado.

– Ele é assim mesmo. É um garoto de oito anos condenado à morte. Sofre de moléstia azul. Quanto mais febril ele se torna, mais as mãos e o rosto adquirem esse tom de fragilidade.

– Olhe, Pedro, eu acho que você deveria pensar seriamente numa exposição. Poderíamos falar com Sarah, na Galeria Astreia.

– Acho que ainda é um pouco cedo, mas não deixa de ser uma ideia. E nunca vi você tão entusiasmado com qualquer coisa minha como hoje.

Carmélio coçou a cabeça, ainda de olhos presos no retrato do menino.

– Até a ideia de um chapéu de palha colocado num Príncipe fica bonita.

– Não é ideia, não. Ele não pode apanhar sol. Mesmo no entardecer, Kankuji, o Mestre, obriga-o a sair assim.

– Quem?

– Kankuji. O preceptor dele.

Carmélio não quis demonstrar a sua preocupação. Mudou daquele assunto para algo também parecido.

– Pedro, e como vai o seu coração?

– Depois que deixei de beber e fumar melhorei um pouco. Raro ter um ataque de canseira.

– Por falar nisso, por que você não vai para casa descansar um pouco? Seu Matias disse que todas as noites você fica aqui pintando. Noites e noites.

– Eu tenho pressa em acabar isso.

– Mas se você trabalha à noite, pode ir agora dormir um pouco.

– Nem pensar, eu disse que chegaria lá antes das dez horas.

– Lá onde?

– No Palácio Japonês. Se me atrasar, o Príncipe Tetsuo ficará nervoso e preocupado.

– Mas é longe esse tal de Palácio Japonês?

Carmélio chegou a se encostar na porta ao ouvir a resposta.

– Ao contrário. Fica bem na Praça da República.

– Ora, Pedro. Você está fazendo gozação. Não vai dizer que o quiosque chinês onde realizam as retretas lhe deu inspiração tão bela.

– Só um doido pensa que aquele pequeno quiosque pode oferecer tamanha beleza aos olhos.

– E como é que eu sempre passo por lá e nunca vi esse misterioso Palácio Japonês?

– Nem todo mundo pode vê-lo. É uma sorte que Deus me deu.

Tornou a analisar o rosto de Pedro e havia uma seriedade quase religiosa nas suas palavras.

– Bem...

– Aonde você vai agora?

– Vou para casa. Não quer mesmo almoçar comigo? Não sei o que tem, mas Helena dá um jeito de esticar.

– Você fica me devendo. Outra vez.

Encostou a porta e saíram.
– Muito em breve o inverno vai chegar. Abril está trazendo as luvas do frio.
Caminharam em silêncio.
Pedro foi o primeiro a procurar o sol, para caminhar se aquecendo mais. Tirando do corpo a madrugada enregelada que passara no atelier.
– Pedro, que é que você tem?
– Eu? Não estou sentindo nada de especial.
– Passe a mão no rosto. Assim. Devagar.
Os olhos de Carmélio estavam atônitos. Ao sol o rosto e as mãos de Pedro tinham adquirido um leve tom azulado. Parecia que a doença da tela pintada se transportava para a sua face e os seus dedos.
Pedro se irritou.
– Que foi?
Não teve coragem de contar o que descobrira.
– Vai parar com isso, Carmélio?
– Não foi nada. Vamos andando.
Relanceava imperceptivelmente a vista e o azulado permanecia de um modo impressionante.
– Aqui nós vamos nos despedir. Vou cortar a Rua Major Diogo e entrar na Abolição. Ciao!
Antes de começar a se afastar, recomendou:
– Trate-se bem, Pedro. Não trabalhe tanto. E olhe, quando quiser fazer a exposição, leve Sarah lá no atelier. Tá?
Pedro riu, abanou com a mão e saiu andando apressado. Tão apressado que se esqueceu de reparar se o trem e a canoinha o estavam acompanhando.

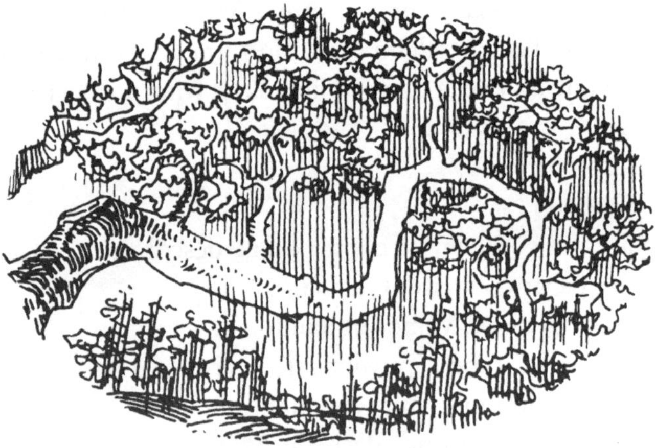

SEGUNDO CAPÍTULO

— Você gosta de tigres, Pedro?

Pedro fitou com interesse inusitado as estátuas de bronze. Antes já o fizera, mas rapidamente. Entretanto, com a observação de Tetsuo, aproximou-se e sentiu um arrepio vendo aqueles olhos que pareciam vivos.

– Um é Cing e outro é Ling. Foi um presente de um amigo de meu pai.

– Foram comprados em algum antiquário chinês?

Tetsuo riu.

– Não é bem assim. Foi um chinês que os transformou em estátuas. Antes eram vivos e lindos. Dóceis como cães. Os tigres nunca morrem. Por isso os olhos conservam um facho de luz e vida.

Pedro bateu suavemente no dorso dos animais e comentou:

– Pelo menos, se vocês não morrem, estão agora dormindo suavemente.

Tetsuo levou Pedro até a biblioteca.

– Por favor, espere-me lá dentro. Voltarei de imediato.

– Está sentindo alguma coisa, meu Príncipe?

– Nada. Somente aquela alegria de estar perto de você.

Saiu e nem cinco minutos tinham se passado quando ouviu a voz de Tetsuo, que o chamava.

Saiu até o corredor e o que presenciou fez o seu coração estremecer no peito.

Tetsuo vinha caminhando devagar e dois tigres verdadeiros andavam ao seu lado. Cada uma de suas mãos apoiava-se na cabeça dos tigres, como se tivesse na sua fragilidade o dom de contê-los.

Apavorado, Pedro afastou-se de costa e se sentiu espremido contra a parede ao final do corredor.

– Não tenha medo, Pedro. Eles são mansinhos e não lhe farão mal.

Vinha se chegando ao rapaz. Tremores o agitavam e sua fronte estava molhada de suor.

– Pedro, por favor. Não fique assim. Eles não fazem mal. Se encontram adormecidos até.

A voz rouca de Pedro saiu gaguejando:

– Tetsuo... Você está sendo mau... Você... está sendo feio...

Com as mãos o menino fez os tigres paralisarem e caminhou olhando Pedro nos olhos.

– Nunca faria nenhum mal a você, meu amigo. Eles são mansos como cordeirinhos. Olhe-me bem e todo esse pavor desaparecerá. Eu apenas quero brincar. Cing e Ling foram dois brinquedos da minha infância também.

Os olhos de Tetsuo tinham crescido assustadoramente, mas seu brilho era de calma e bondade.

Colocou-se ao lado de Pedro.

– Agora não temerá mais nada. Vou trazê-los até perto de você.

Bateu palmas e os tigres avançaram tão de leve que nem pareciam tocar no solo.

– Venham até aqui, e um de cada vez beijará a mão do moço.

O medo desaparecera como por encanto, e Pedro assistiu a um estranho ritual.

— Primeiro você, Cing.

O tigre destacou-se e caminhou até junto às mãos de Pedro, lambeu a sua mão direita, recuou e avançou para lamber a mão esquerda do pintor.

Retrocedeu para junto do outro.

— Agora a sua vez, Ling.

O tigre repetiu exatamente o que Cing realizara. Quando voltou ao seu lugar, Tetsuo ordenou:

— Agora deitem-se bem ao comprido.

Imediatamente eles se abaixaram, esticaram os corpos e colocaram as grandes cabeças sobre as patas dianteiras.

— Eles assim o fizeram para que você os alisasse, Pedro. Vá.

Pedro se agachou entre as duas feras e passou as mãos sobre as suas grandes cabeças.

Inteiramente fascinado, escorregou os dedos entre as manchas sedosas de Cing e Ling.

Tetsuo sorria feliz.

— Dizem que os gatos foram criados para que o homem tivesse a sensação de como alisaria um tigre. Você é mais feliz, Pedro, pode alisar um tigre diretamente.

Os tigres se ergueram e tomaram a atitude igual à das estátuas na Entrada Principal.

— Cing e Ling aguardam que você os coce no peito. Ali é onde existe a parte mais sensível e macia. Embaixo dela mora o coração.

Ficou se deliciando com as palmas, com as pontas dos dedos numa sensação de carinho jamais sentida. Sem se desviar, comentou:

— Você está brincando, Tetsuo. Eles não podem ser Cing e Ling. São outros que você foi buscar não sei onde.

— É fácil verificar. Vá até a Entrada Principal e venha me dizer.

Pedro ergueu-se e caminhou até a entrada do Palácio. Com assombro, descobriu os pedestais vazios. Voltou intrigado. Tetsuo possuía, sem dúvida, poderes estranhos, atitudes mágicas.

Voltou embaraçado.

– Viu como não menti?

Sorriu ante o desconcerto de Pedro.

– Agora precisamos levá-los.

E os dois andaram ladeados pelos tigres, sem pressa alguma. Chegados ao local, Tetsuo bateu palmas suavemente.

Os tigres ficaram em pé, apoiando as patas largas no pedestal.

– Não, Ling, você está tomando o lugar de Cing. Seja bonzinho.

Pedro não se admirava de nada mais. Tetsuo era um diabinho de um feiticeiro. O seu rosto adquiria a seriedade de um grande domador executando sua missão.

Os tigres trocaram as posições e aguardavam novas ordens.

– Pronto, voltar à posição inicial.

Os tigres saltaram sobre o pedestal.

– Agora, Pedro, feche os olhos, por favor.

E Pedro ouviu uma estranha cantilena que parecia atravessar os séculos.

– A hora do adormecer chegou. Que as sombras do sono repousem em cada momento de paz. Que os olhos vivam apreciando a eternidade da vida. E para sempre o sono seja a calma dos tempos...

Parou, e Pedro sentiu-se tocado nos braços. Entreabriu os olhos e sentiu como se ele tivesse despertado de um imenso adormecer.

Na sua frente, Cing e Ling continuavam a sua marcha dos séculos em cada pedaço de paralisação. Só os olhos pareciam enxergar, enxergar, enxergar.

Kankuji, o Mestre, aparecera na porta.

– Tetsuo, você não pode fazer isso. Você prometeu que não o faria mais. Veja como está o seu rosto, meu filho.

E Pedro reparou que a pele do Principezinho estava mais azulada e transparente.

Falou num sorriso especialmente doce:

– Foi a última vez, Titio. Nunca mais terei forças para repetir o que foi feito. Só queria dar um presente lindo ao meu amigo Pedro.

Pegou na mão do moço e puxou-o para o lado do quarto de brinquedos.

Tetsuo reclinou-se no sofá.

– Está cansado?

– Não. Por mais que pareça, nem um pouco.

Indicou uma cadeira a Pedro para que se sentasse.

– Não se assuste nunca comigo, Pedro. Eu apenas quis mostrar a você uma coisa que pertenceu à minha infância há muitos séculos.

– Grandes séculos! Quando você não passa de um bebezinho de oito anos.

Tetsuo sorriu misteriosamente.

– Também não tem importância o tempo. O tempo não cabe em si mesmo. Mas deixe eu contar um pouco sobre Cing e Ling. Eles eram lindos e andavam livres pelos jardins, por todo o Palácio. O Palácio de Ouro, Pedro. O Palácio de Ouro do meu pai foi a maior maravilha que eu já vi. De longe ele brilhava tanto quanto o Sol. E parecia estar pousado entre o azul do céu. Porque tudo era azul. As campinas, o pasto e os lagos. Talvez o azul tornasse o Palácio mais dourado ainda. Os grandes sinos de porcelana tinham, cada um, um som diferente. De maneira que, quando a brisa da noite vinha, do lado que viesse, eles executavam músicas lindas e variadas...

Calou-se, perdido nas recordações.

– E o Palácio de Ouro?

– Um dia eu levarei você lá. E nunca mais voltaremos. Seremos tão felizes a vida inteira. Prometo que levarei você ao Palácio de Ouro. Um dia...

– E Cing e Ling?

– Ah! Um sacerdote um dia os envenenou dizendo que eram obras do mal. Então meu pai chamou um escultor que transformou os dois em tigres de bronze... Ei-los lá na Entrada Principal, como guardas dos sonhos da minha infância.

Levantou-se e convidou Pedro para brincar.

– De quê?

– Pedro, eu lhe ofereci o mais lindo brinquedo que morava na minha saudade. Por sua vez, você poderia deixar que eu brincasse, juntamente com você, com os seus brinquedos da infância...

– E se eu tivesse sido um menino sem brinquedos?

– Eu sei da verdade, Pedro. Eu gostaria de brincar com o seu trenzinho e a sua canoinha.

Pedro riu.

– Mas, perto da beleza de seus dois tigres, meus brinquedos ficariam envergonhados.

Tetsuo aproximou-se e pegou-lhe nas mãos. Pronto. Ia novamente pedir do jeito que não saberia negar.

– Deixe, Pedro. O que custa isso?

– Está bem. Brincaremos primeiro com o meu trenzinho. A canoinha fica para o entardecer. O sol está muito forte agora e Kankuji não o permitiria.

– Certo.

– E como vamos fazer? A gente precisa amarrar um cordão nele ou suspender a parte de lá daquela mesa para que ele escorregue.

– Não. Basta que coloquemos as cadeiras em volta da mesa e ele andará movido pelo sonho.

– Será?

– Garanto.

Pedro colocou as duas cadeiras junto da mesa e sentou Tetsuo. Num segundo ele estava com o queixo apoiado nos seus bracinhos. Fez o mesmo.

– E o trem?

– É verdade. Espere um pouco.

Abaixou-se, apanhou o trenzinho sob a mesa e o trouxe para cima. Soprou a poeira e, tirando um lenço do bolso, limpou-o para que desse melhor impressão ao garoto. Mesmo assim o trem estava enferrujado, descascado e feio.

– Que lindo que ele é! E você se negando a me mostrar essa maravilha!

– Não é lindo coisa nenhuma.

– É, sim. Todo brinquedo que foi muito brincado tem o dom de ter mais ternura.

Pedro depositou o trenzinho na mesa. E sorriu, porque era apenas uma maquinazinha com um carrinho. Somente aquilo.

– E agora?

– Agora, Pedro, vamos dar corda na saudade.

O trem resfolegou, soltou fumaça, deu um pequeno apito e principiou a andar até a outra ponta. Fez a curva e ficou rodando com o seu tloc-tloc sobre os dormentes.

E Pedro se viu menino. Enchendo o trenzinho de amigos e de coisas que gostava. Sentia-se vestido de maquinista e apitava dando adeus à paisagem, passando sobre pontes e dentro dos túneis. Seus grandes amigos viajavam sempre a seu lado e admiravam a perícia com que conduzia a locomotiva. Lá sentava o preto Biriquinho, Aníbal e Dotorzinho. Vinha o cachorro Tulu, o gato Gibi bem negro, a gata Miss Sônia, que tinha jeito de uma inglesa velha e roubava carne furtivamente na cozinha. E num banco especial a sua galinha Pindu, que vivia atrás dele cacarejando e ciscando perto do valão. Tudo tão longe e tão vivo!

O seu coração se perguntava: "Pedro, o que você fez da sua vida?". E ele se respondia: "Nada". Sem querer os seus olhos foram ficando molhados de tristeza.

O trem foi parando, foi parando...

Olhou Tetsuo.

– Ainda quer mais?

– Não, Pedro. Já é o bastante.

Apanhou suavemente o trenzinho e, abaixando-se, colocou-o bem distante, na sombra de seu desencanto.

Tetsuo o olhava cismado.

– O que tem você, Pedro?

Sentia necessidade de não responder.

– Você está pálido, meu amigo. De uma palidez doentia. Vamos sentar no sofá para que descanse um pouco.

Assim o fizeram.

– Me dê o seu lenço.

Ofereceu-o ao Príncipe.

– Vou limpar o suor que está correndo friamente no seu rosto.

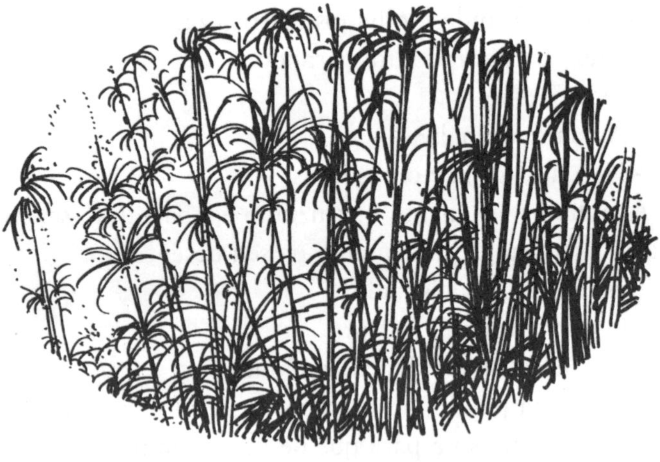

Terceiro Capítulo

"Quando a tarde ia morrendo e o Sol declinava no horizonte lançando os seus últimos raios..."

Pedro caminhava ao lado do Principezinho pensando na frase de José de Alencar.

– Vamos passar debaixo da figueira-brava que eu quero lhe mostrar uma coisa.

A sua sombra redonda enchia de frio a sua solidão.

– Olhe naquele galho, Pedro.

– O quê?

– As cigarras mortas. Elas morrem grudadas e permanecem lá. Morreram de cantar. Todas têm as costas estouradas.

Caminhou um pouco.

– Aqui é o cemitério delas. Quando o vento dá, elas caem como folhas secas.

No chão, um amontoado de cigarras jogadas. Emborcadas, viradas. Jaziam na posição que o vento as colocara.

Pedro ficou com pena.

– É triste ver um bichinho de fábula desse modo.

– Não tem importância. As cigarras mortas já passaram. Bonito é ainda existir as outras que cantam para a música da gente!...

– Deixemos as cigarras, Tetsuo. Não gosto das coisas mortas.

– Por quê? As coisas morrem para que haja mais vida.

– Talvez. Mas esse seu raciocínio tão profundo me amedronta.

– Não é isso que eu desejo. Quero que você nunca tenha medo de mim ou do que faça...

Fizeram o resto da caminhada em silêncio. Sentaram-se numa grande pedra para espiar a placidez do lago.

– Quer agora?

– Podemos, Pedro?

– Sim. Mas você fique quietinho. Não permitirei que ponha as mãos na água fria do lago.

Desceu e apanhou a sua canoinha. Deixou-a repousando sobre as águas paradas e retornou ao seu lugar na pedra.

– Pedro, ela vai começar a se movimentar.

A canoa criou vida e deslizou, ora rapidamente, ora fazendo curvas, evitando galhos e ramas debruçadas na água.

Era a canoa de sua aventura. A canoa que o levaria em sonhos a todos os rios da selva. Via-se no Amazonas, no Madeira, no Mamoré, no Tocantins, no Araguaia com todas as suas praias brancas. Viagens de sonhos, de sonhos de infância.

– Vou transformar sua canoa.

E de imediato bateu palmas e a canoa virou num belo junco chinês. Foi até embaixo da ponte e retornou como sampana japonesa.

– Uma coisa brasileira, Tetsuo.

Eis que vinha a jangada ligeira, empurrada pelas velas pandas.

– Agora, uma coisa bem diferente.

Por trás de uma pedra apareceu um couraçado cinzento.

– Isso não, Tetsuo. Por favor. Nada que lembre a guerra.

E a canoa voltou a ser sua mísera e insignificante canoinha. Aproximou-se vagarosamente da beira do lago para que a apanhasse.

Um gemido mais forte fez Pedro reparar angustiado no rosto de Tetsuo.

Um palor transparente foi se tornando um azul impressionante.

– Que foi, meu filho?

Mal conseguia balbuciar.

– Pedro. Eu estou me sentindo muito mal. Leve-me para cima.

Colocou os braços do menino em torno do seu pescoço e nas mãos que ardiam em febre sentiu que quase não existiam forças para segurá-lo.

Correndo como um louco e esquecendo a sua própria fraqueza, Pedro subiu as escadas do Palácio e teve ânimo para entrar no quarto de trabalho de Kankuji.

Imediatamente Kankuji soou a sineta e Wang Lun surgiu como por milagre.

QUARTO CAPÍTULO

Durante dois dias e duas noites, Tetsuo passou tremendamente mal. Pedro postava-se ora no terraço, ora passeando nas grandes salas, ora se refugiando na sala de brinquedos ou cochilando no sofá da biblioteca.

Caminhava sem parar, esticando as horas da angústia. Esperando que viesse uma boa-nova ou que o chamassem para ver o menino.

Nas raras vezes em que Kankuji, o Mestre, saía do quarto, mantinha um diálogo de silêncio, balançando apenas a cabeça, desesperançado.

Mas chegou a vez de poder visitar o menino.

O quarto vestia-se de penumbra e, bem afastados da cama, alguns círios o clareavam um pouco.

– A luz faz-lhe mal e aumenta a sua febre.

Recebeu ordens de não se demorar. Veio até a cama e o menino movimentou os lábios.

Foi preciso encostar o ouvido junto da sua boca para poder perceber as palavras que lhe eram dirigidas.

– Pedro, meu amigo. Eu queria tanto levar você. Queria que você fosse comigo. Queria ir com você visitar o Palácio de Ouro do meu pai...

– Um dia eu irei com você. Você me prometeu que me levaria, lembra-se? Eu esperarei.

– Eu vou dormir, Pedro. Preciso dormir muito. Estou tão cansado!

– Feche os olhos devagarzinho e durma, meu lindo Príncipe Japonês...

Passou as mãos de leve sobre os seus cabelos e sentiu, além da febre, o fraquejar de sua pequena respiração.

As mãos de Kankuji o puxaram suavemente e o trouxeram fora do quarto.

– Só os parentes podem assistir ao "adormecer" de um Príncipe. Agora volte para casa e procure descansar um pouco. Tudo o que podia fazer em matéria de ternura, o senhor fez. Resta esse consolo para a ternura do coração ajudar o desenrolar do tempo.

E Pedro saiu. E Pedro caminhou. E Pedro não tinha lágrimas para chorar.

Nunca a cidade lhe pareceu mais vazia e as ruas, tão sem ruídos. E a vida sem qualquer música.

Vendo que nada havia que abrandasse a sua tristeza, resolveu voltar ao Palácio Japonês. Sentia que era inútil, mas o coração o empurrava para lá. Penetrou na Praça da República e enveredou pela trilha iluminada.

O Palácio continuava no mesmo canto. Mas só havia silêncio à sua volta e a solidão caminhava em cada canto com passos de negro veludo.

Todas as janelas e todas as portas estavam cerradas. O lago se tornara morto e os tigres da Entrada Principal haviam desaparecido. Na saudade ouvia a voz de Tetsuo explicando tudo, naquele misto de sorrir e de falar.

O Portão Principal se fechara para sempre. E podia avistar o lago transformado numa paralisia de vidro.

Uma pontada forte atacou-lhe o peito.

– Ah! Meu lindo Palácio Japonês!... Meu lindo Palácio Japonês!...

Fechou os olhos para conservar viva na retina a figura soberba daquele Palácio de sonhos e de saudade.

Olhou pela última vez, pois que pretendia nunca mais voltar àquele lugar, e seus olhos foram se abrindo desmesuradamente.

Um incêndio de fogo branco principiava a devorar o Palácio Japonês. Começou velozmente pelo teto, devorou as cumeeiras pontiagudas, varreu o segundo andar e se encaminhava para os últimos terraços. Logo, logo devastaria os grandes passeios de baixo e também a escadaria.

E a fumaça subia aos céus e se transformava em nuvens grossas e fofas.

Depois o fogo invadiu tudo. Consumiu as pedras, o lago e a ponte. Veio até perto de si e com a grande língua de uma labareda infinita carregou consigo para o céu todo o mundo de grades e o Portão Principal. E, apesar de tudo, o fogo branco não fazia mais calor junto a seu corpo do que o minguado sol que lhe caía sobre o rosto.

Não soltou um só gemido de tristeza, nem estalou o coração, porque este não era de vidro nem de cristal. Apenas de fraca carne.

Virou as costas e caminhou. Era melhor assim. Por que existir tamanho Palácio se a alma que o habitava partira para muito longe, sabe Deus para onde?

Voltou a sentar-se no banco predileto e fechou os olhos. Não queria, pelo menos hoje, olhar os pombos, nem os peixes, nem as crianças que brincavam no jardim de infância.

– Por que tanta tristeza?

Sem abrir os olhos, reconheceu a voz do guia japonês.

– Não gosto de o ver assim. Faz duas noites e dois dias que se encontra aqui nesse banco. Sai, volta, volta e sai. Às vezes o vejo ficar até altas horas da noite, perdido nos seus pensamentos. E isso faz mal. O senhor está muito doente. Muito abatido.

Fez uma pausa. Pedro não sentiu vontade de abrir os olhos. A vida era aquela besteira morta de desinteresse.

– As tardes e as noites de abril aparecem mais frias anunciando um grande inverno. E essa friagem forte só lhe poderá fazer mal.

Sem abrir os olhos, respondeu:

– Nada mais poderá fazer mal a meu corpo. Eu já morri.

Remexeu de posição e abriu os olhos. A seu lado o guia japonês tinha se metamorfoseado no velho guarda da Praça da República.

Sorriu ante a descoberta e ante a bondade do olhar que o fitava.

– Quer um cigarro?

O guarda lhe oferecia um maço pela metade.

– Não posso. Se o fizer fico passando muito mal. Estarei encostado a noite inteira na cabeceira da cama tentando enfiar o ar dentro do pulmão.

Sorriu amistosamente e continuou a confissão:

– Sabe, eu não tenho o coração muito bom. O médico me proibiu de beber e de fumar.

– Sendo assim, é melhor que não fume.

Acendeu o seu e baforou para o alto.

– Eu vou lhe dizer uma coisa. O senhor deveria se cuidar. Está tão abatido e tão pálido que a sua pele está adquirindo um tom de fraqueza azulado.

– Eu sei.

– Eu gostava mais quando o senhor aparecia com alegria no rosto e no olhar. Quando vinha aqui, se sentava nesse mesmo canto e se punha a desenhar tigres, meninos, tudo, e ainda um Palácio Japonês lindíssimo.

– E o senhor via os meus desenhos?

– Sempre. O senhor ficava tão distraído que nem se apercebia da minha presença. Só uma vez eu lhe ofereci um cigarro e aceitou.

– Aqueles desenhos – riu –, aqueles desenhos eu os transformava em grandes quadros e pinturas. Eram apenas esboços.

– E onde estão?

– Devem estar no meu atelier. Levei madrugadas trabalhando neles. Agora me vou. O senhor tem razão. Faz bastante frio e não estou muito agasalhado.

– Posso lhe dizer uma coisa?

– Claro. Pode.

– Cuide-se bem, meu rapaz. A vida é uma só. E eu não gosto de vê-lo assim. Estou lhe falando porque o senhor poderia ser o meu filho que nunca tive. Mas a verdade é que não gosto de vê-lo assim com esse jeito de Príncipe doentinho...

Sorriu e caminhou.

E Pedro andava, ia e voltava, e Pedro caminhava, voltava e vinha. Não se sentia mais. A importância do valor não tinha mais valor para ele. Quando adolescente fez uma poesia. Sorriu da sua inocência. Qual o adolescente que não pensa ter feito uma poesia?

"Sou um bagaço moído, esfiapado, esmigalhado
Que a gente pisa no chão...
Se algum dia tu fores num caminho
E sentires sob os teus pés
Um bagaço moído, esfiapado, esmigalhado...
Pisa de leve, sim?
Pode ser meu coração..."

Poesias! Poesias! Poesias!... E de que valia tudo aquilo? Nada. Sem eco, sem som, sem vida. Só o vácuo da solidão rimando as horas com as tristezas e essas, sim, pisando o peito sem socorro.

Já nem podia parar mais. Fora-se o sono, a fome e o cansaço. Ficava de longe, no perdido da ansiedade, implorando meigamente.

– Tetsuo, Tetsuo, alma da minha ternura, onde anda você? Que saudades eu sinto dos seus tigres e das suas carpas.

E recordava-se de suas lágrimas implorando, beijando as suas mãos, pedindo para viver. E o que era viver?...

Num entardecer de um dia que não sabia quando, porque tudo tomara a monotonia do nada, vinha caminhando pelo Viaduto do Chá, quando foi despertado de sua inércia por tiros de bombas. Eram bombinhas e muitas. Uma estranha procissão se aproximava. Mais estranho ainda era o povo que caminhava por ambos os lados do viaduto, mesmo os que caminhavam pela rua, não notar nada.

Nem os ônibus. Nem os carros. E tudo passava indiferente dentro da linda procissão.

Tudo se revestia de vermelho, preto e branco.

O coração bateu mais apressado e o instinto lhe advertiu que algo estava para acontecer.

Vinham homens de esquisitas máscaras japonesas com caras de dragão, agitavam muitas flâmulas e exibiam lanternas coloridas e acesas. Dançavam em saltos medidos e ritmados. Outros carregavam grandes peixes vermelhos e dourados, ou também brancos. No centro, velhos senhores japoneses de grandes barbas brancas caminhavam lado a lado com as mãos escondidas nas largas mangas das batas.

Reparou que junto de outros serviçais, Wang Lun, todo de vermelho e negro, onde se sobressaíam as flores de pessegueiro bordadas a ouro, empurrava um carro.

Aproximou-se mais e viu que era um esquife. O coração estremeceu dolorido.

Do centro do acompanhamento, Kankuji, o Mestre, se destacou e caminhou em sua direção.

– Ei-lo, Pedro. O Príncipe caminha em direção ao Palácio de Ouro do seu pai. Agora que ele adormeceu para sempre, o senhor o poderá contemplar. Mas não se demore muito.

O féretro parou. Kankuji levantou o lenço de seda branco e mostrou o rosto calmo de Tetsuo.

Dormia, dormia lindamente o Principezinho Japonês. Não havia sombra de dor e os dedos da paz pareciam ter alisado a sua calma. O azul da sua pele cedera o lugar a um róseo ameno e delicado.

– Pronto, Pedro.

Ele mesmo colocou devagar o lenço, cobrindo o rosto amado da criança.

– Adeus e até breve, meu pequeno e lindo Príncipe!...

Ficou um momento atarantado, assistindo à estranha procissão desaparecer sem que ninguém tomasse conhecimento da sua presença. Colocou a mão sobre o peito e foi tomado de uma grande dor. O corpo fraco tombou sobre o asfalto do viaduto.

Queria respirar e nem sequer conseguia direito. Rostos se debruçavam sobre ele.

Conseguia raciocinar. A procissão do Príncipe que era tão linda ninguém notou. Ele que nada era...

Olhou os olhos. Os olhos da multidão só possuíam uma impressão: a piedade. E, por trás de todos os olhos, o azul do céu dominava, como sempre, um mundo de mistério.

QUINTO CAPÍTULO

As rosas! E eram duas rosas. Só duas rosas, vermelhas. E as duas rosas vermelhas começavam a envelhecer. Moravam num simples copo d'água.

Remexia-se na cama e sentia que havia algo que prendia o seu braço direito onde uma agulha transportava soro em suas veias. Era soro da vida. Vida!...

No nariz, uma borracha se enfiava para refrescar o ar do seu peito. E, em sua frente, um grande tubo de oxigênio. As borbulhas de ar davam-lhe sono e pesavam suas pálpebras.

Erguia a mão liberta e observava o pulso tão magro. Volvia para as rosas. E eram duas. Se fossem branca e negra, seriam a flor da vida e a flor da morte.

Os pensamentos custavam a se ligar por causa da sonolência. Muitas vezes acordava assustado com o enfermeiro medindo-lhe a pressão ou tomando-lhe o pulso. Procurava descobrir onde estava e por que estava. Quando o tinham trazido para o hospital.

A fraqueza o dominava a tal ponto que pensava encontrar-se numa igreja, onde o Cristo era pequeno, grudado numa parede. E não havia velas nem flores.

Flores havia, sim. Mas sobre a mesa. Altar. Não. As flores eram duas impressionantes rosas vermelhas. De vermelho, Tetsuo ficava mais bonito ainda. Ria, espiando na eternidade o seu Principezinho que sempre exibia uma roupa diferente. Aparecia todo de branco. – Estou lindo, Pedro?

Surgia de amarelo. – Estou bonito hoje, Pedro? Rodava exibindo a bata vermelha. – Que tal, Pedro? Ah! Meu lindo Principezinho, você estava sempre lindo. Lindo de todas as cores porque a ternura sempre foi linda de qualquer cor...

Nos seus sonhos fez um leilão de todos os quadros. Vendeu tudo. Fizeram até brigas, formaram discussões para comprar aqueles seus lindos trabalhos japoneses.

O coração reprovava em silêncio. Não deveria vender os desenhos, os trabalhos do Palácio Japonês. Não devia. Todos eram de Tetsuo, só dele. Contudo, o que importava agora?

– Os tigres alcançaram um grande preço. Mas o maior lance foi para o desenho a cores do Principezinho de chapéu de palha, lembra-se?

Lembra-se, como não? A seriedade com que Tetsuo ficava imóvel e sempre que podia corria junto ao trabalho para ver se estava realmente lindo...

– Ainda mais. Você não vai se preocupar com coisa alguma desse hospital. Fizeram uma lista, e como você é muito querido, todo mundo aderiu. E você precisa ficar bom logo. Fazer uma nova série de desenhos japoneses. Sarah lhe prometeu uma exposição. Encomendaram até antecipadamente.

Reviu na memória o rosto de Sarah, a escada da Galeria Astreia, o jeito carinhoso da moça sempre estimulando, perguntando, se interessando pelo trabalho de cada artista, até mesmo os medíocres como sempre ele fora.

Talvez Carmélio Cruz estivesse mentindo para agradá-lo. Talvez ninguém mostrasse interesse pelo seu trabalho japonês. Certamente tinham feito a tal lista. Porque, senão, não se encontraria num quarto bem confortável de um hospital e sim na Santa Casa ou outro asilo de indigentes...

Abria os olhos e o quarto quase na penumbra mostrava-lhe as rosas mais velhas. E eram duas rosas vermelhas.

Em breve estariam se despetalando e talvez ninguém visse aquilo. Que tamanha a solidão das flores colhidas.

Quem as trouxera? Sorriu na alma. O rosto mais que bondoso de seu Matias.

– Menino, menino. Tanto eu recomendei. Tanto eu pedi. Ficar noites e noites naquele atelier tão frio. Se matando de trabalhar. Quando ficar bonzinho, não o deixarei trabalhar tanto. Nem vai ficar tanto tempo esquecido de se alimentar.

"Esquecido de se alimentar." Quem sabe?

– Olhe, homem não traz flores para homem. Mas no seu caso é diferente. Você é um anjo. Essas duas rosas vermelhas estavam querendo vir visitar você. Eu as trouxe.

Agora elas estavam ali menos vermelhas, na sombra, iam ficando negras e mais velhas.

Adormeceu para acordar com o enfermeiro virando-o na cama e aplicando uma injeção dolorida. Não reclamou. Sabia que a qualquer momento nada daquilo importaria mais. Era só o esquecer. Esquecer o que demorara para nascer, viver e doer.

– As rosas estão ficando velhas.

O enfermeiro se aproximou para escutar melhor a voz da sua fraqueza.

– Quer que eu leve embora?

– Não. Hoje não. São as minhas companheiras. Minhas duas únicas companheiras.

Amanhã a arrumadeira carrega com elas.

Sorriu. Amanhã era melhor.

"Se existe o dia, se existe a noite, Pedro, sempre haverá um amanhã..."

Tetsuo, que conseguia dizer coisas tão difíceis, tão maduras. Tetsuo, que se tornava uma criancinha abandonada.

"Pedro, você gosta de mim? Mas gosta muito? Para mim não adianta só gostar..."

Fechou os olhos e algo estranho estava acontecendo. O ar emitido pelo balão de oxigênio estava se tornando agradável demais. Parecia até o fumo do primeiro cigarro japonês dado pelo guia...

Mesmo de olhos fechados sentiu as pálpebras serem iluminadas por luz bastante forte.

Abriu os olhos receosos e não se enganara. Todo o quarto se encontrava invadido de luz dourada. As paredes tinham se dilatado e um vento morno rodopiava por toda parte.

O ambiente do hospital desaparecera e se encontrava sentado numa linda pedra branca, num campo todo de azul. Até a grama do chão tomava a mais linda tonalidade de azul.

Um hino de alegria cantou em todo o seu ser. Um vulto pequeno e ligeiro se encaminhava para ele. Foi preciso passar as mãos sobre os olhos muito tempo para acreditar no que estava vendo.

Todo vestido de uma roupa cor de mel com flores brancas e negras, Tetsuo caminhava para ele. De longe já trazia os braços abertos para abraçá-lo.

– Pedro!

Nem queria pensar muito para não sofrer o perigo de perder aquele sonho.

– Mas não é sonho, Pedro. Sou eu mesmo. Olhe-me bem.

O seu rosto tinha perdido aquela cor azulada e doentia de porcelana transparente. Suas mãos estavam sazonadas de sol e a pele apresentava um afogueamento rosado e sadio.

– Eu prometi e quero cumprir.

Tomou o rosto de Pedro contra o seu, estreitando com a maior carícia que se poderia sentir.

– Vim buscar você. Iremos para o Palácio de Ouro do meu pai e seremos sempre felizes. Para sempre felizes.

Vamos brincar muito e não estaremos mais presos a qualquer condição de dor.

Abaixou-se e chegou perto da água de uma fonte. Enfiou as mãos.

– Viu, Pedro? Posso, quando quiser, brincar com a água, banhar-me na água, que não ficarei congelado e nem sentirei qualquer dor.

Com as mãos ainda úmidas, segurou o rosto de Pedro e pôde olhar até o fundo de sua alma.

– Você se lembra que eu fazia questão de perguntar, de insistir em perguntar, se gostava muito de mim?

– Nunca pude esquecer.

– E eu sou lindo, Pedro?

– Agora você está cada vez mais lindo, meu amado Príncipe.

– Então podemos ir.

Deram-se as mãos e saíram caminhando sem pressa, vendo a beleza do campo invadido de azul. Só azul.

Pedro ia tentar desvirar-se, mas Tetsuo o evitou.

– Não precisa, Pedro. Eles estão seguindo você. Não mais o trenzinho descascado, nem a canoinha desbotada. Acredite em mim. Eles estão reluzentes como o sol, vestidos de ouro. Fazem um vento dourado entre o macio do capinzal azul.

Andaram mais e estacaram.

– Veja, Pedro, como prometi.

Começava a surgir um Palácio todo de ouro, de uma beleza indescritível. Não parecia estar preso à terra e sim vagar no imenso azulado do céu e da terra.

– Ei-lo! O Palácio do meu pai.

A mudez da emoção tolhia os passos de Pedro.

– E ouça a música dos sinos de porcelana. Eles estão tocando para você, Pedro.

Vencida a emoção, Pedro não resistiu:

– Tetsuo, quem é você, meu Príncipe?

Ele riu e apertou o seu rosto contra a mão do moço.

– Você se lembra quando eu perguntava se era um menino horrível?

– Lembro-me.

– Eu não queria que em momento algum você me achasse feio.

– E nunca o achei.

– Pois bem. Quando os homens nos entendem, a nossa missão não poderia ser mais bela...

Afastou-se de Pedro e sorriu.

– O que tenho na mão esquerda?

Entreabriu-a docemente.

– A flor branca da vida.

– Então vamos soprá-la.

E juntamente com Pedro dispersou a flor no ar. Suas pétalas eram como plumas desaparecendo na brisa da tarde.

– E nessa outra?

E Pedro não podia responder, tão fascinado se encontrava. Com mais doçura ainda, abriu os dedos.

– A flor negra da ternura, Pedro. Essa, nós a conservaremos sempre.

Abraçou-se longamente às pernas de Pedro. E Pedro sentiu ajoelhar-se para receber o rosto do Príncipe amado contra o seu.

– Pedro, eu sou essa flor.

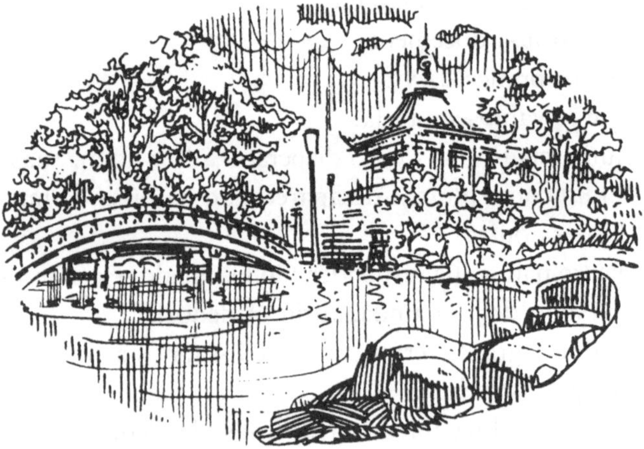

SEXTO CAPÍTULO

O vento da tarde que dormiria em breve penetrou no quarto e balançou as hastes das rosas velhas.

E, muito devagar, as rosas se despetalaram. As pétalas iam caindo em silêncio sobre um paninho modesto de renda do Ceará.

Somente a solidão dos olhos de Deus puderam apreciar aquela cena...

Fim

Ubatuba

A LITERATURA DE
O PALÁCIO JAPONÊS

POR LUIZ ANTONIO AGUIAR,
escritor e tradutor, mestre em literatura brasileira
e ganhador de 2 prêmios Jabuti.

> Caminhava pela rua, atravessava os sinais com cautela
> para que nada acontecesse aos seus fantasminhas imaginários
> que o seguiam abrigando-se na sombra da sua ternura.
> No mais, Pedro era assim. Assim mesmo.
>
> (p. 15)

> Não é dado a todo mundo a maravilha
> de ver todas as maravilhas.
>
> (p. 22)

> Estranhos dragões de louça, cães de faces achatadas
> em tons azulados. Galos misteriosos também de cerâmica,
> apresentando tons furta-cores.
>
> (p. 30)

Uma história mágica.

E demonstração de que a vida sem magia fica sem graça. Nem que seja aquela que aparece em sonhos.

Mas poderia ser também uma brincadeira. Um *faz de conta que existe um palácio* que somente aparece para quem que possui algo precioso, oculto – ou talvez esquecido, quase já sumindo, enfraquecido –, dentro de si.

Por isso, assim, do nada e de repente, num logradouro público de uma gigantesca metrópole, pelo qual transitam milhares de pessoas todos os dias, surge um *palácio japonês*. Poucos escolhidos o veem. Nunca ninguém de fora soubera de uma maravilha dessas por ali. Nem muito menos o visitara para conhecer os prodígios que abriga.

No entanto, lá está ele, surgindo para Pedro. E quem o levou para conhecê-lo foi (tinha de ser) uma criança, um príncipe – Tetsuo.

Pedro parece estar num momento da vida em que seus caminhos estão no mínimo indefinidos – e alguns até mesmo fechados. Pode não saber disso, mas precisa de algo especial para lhe dar novo ímpeto. Precisa de dragões, de tigres, desses ambientes que surgem de histórias encantadas. De fábulas.

E Tetsuo é uma criança doente. Resta a ele pouco tempo de vida. Mas, nesta história, esses poucos dias, graças principalmente à amizade com Pedro, se transformam em uma existência completa. Porque Tetsuo finalmente compartilha seus tesouros com alguém. E sobretudo porque cada precioso dia a mais, nessa vida tão frágil, tão limitada, se transforma num presente de incalculável valor.

Ele sabe que vai morrer. Não nega isso, não finge que não vai acontecer. Simplesmente se recusa a desperdiçar um momento que seja, agora que tem ao que se apegar.

Na Literatura de José Mauro de Vasconcelos, com frequência é a criança que desperta a imaginação no mundo. Sem ela, tudo é somente *cotidiano*. Já em seu maior sucesso, *O Meu Pé de Laranja Lima*, encontramos elementos como essas visões de uma outra realidade, que só a criança enxerga. Lá, uma árvore mirrada; aqui, um majestoso palácio oriental. Lá, um Zezé, personagem amado na Literatura Brasileira, que se defende da hostilidade do mundo com sua paixão pela música, pelo cinema, mas, principalmente, pelo *poder* especial que lhe permite travar longas conversas com o pé de laranja-lima. Sua imaginação. Zezé traz a mágica ao mundo. Assim como Tetsuo, num lugar totalmente inusitado, impossível, faz surgir um palácio de incontáveis mistérios – tantos quantos se queira descobrir.

Os leitores de *O Meu Pé de Laranja Lima* não encontrarão em *O Palácio Japonês* aqueles personagens que conquistaram sua época – na literatura, na TV, nas histórias, no cinema – e até hoje comovem o público leitor. No entanto, quem disse que, *de fato*, não os reencontrarão? Porque talvez estejam sutilmente no modo como a ternura de Tetsuo resgata o interesse de um adulto por si mesmo e pelo que pode aproveitar do que existe no mundo.

Nessa Literatura tão peculiar de José Mauro, a criança é um portal mágico que nos abre os maiores, os mais miraculosos recantos da existência... Por vezes secretos, reservados, exclusivos... Por vezes tão singelos que passam despercebidos da imensa maioria.

Tetsuo e o palácio japonês são visões que poucos conseguem encontrar dentro de si.

Mas estão lá.

A jornada se encerra com Pedro e Tetsuo, juntos, alcançando um "imenso azulado". Um sonho, talvez; mas um sonho que Pedro não quis de modo algum perder. Porque seu grande amigo havia voltado apenas para buscá-lo.

E aqui temos a diferença marcante entre esta fábula e outras histórias de José Mauro de Vasconcelos – até mesmo *O Meu Pé de Laranja Lima*. Nelas, a perda transforma crianças em adultos. E os faz conhecer a dor cedo demais.

A dor os lança no *mundo real* e os força, por necessidade de sobrevivência, de modo às vezes cruel, a aceitá-lo.

Aqui, a perda não se apresenta tão absoluta. A partir dela, um adulto ganha de volta a capacidade de criar mundos (que as crianças dominam). De sair para a eternidade de mãos dadas com o menino que lhe devolvera a capacidade de amar a vida.

Luiz Antonio Aguiar

José Mauro de Vasconcelos nasceu em 26 de fevereiro de 1920, em Bangu, no Rio de Janeiro. De família muito pobre, teve, ainda menino, de morar com os tios em Natal, capital do Rio Grande do Norte, onde passou a infância e a juventude. Aos 9 anos de idade, o garoto treinava natação nas águas do Rio Potengi, na mesma cidade, e tinha sonhos de ser campeão. Gostava também de ler, principalmente os romances de Paulo Setúbal, Graciliano Ramos e José Lins do Rego, sendo estes dois últimos importantes escritores regionalistas da literatura brasileira.

Essas atividades na infância de José Mauro serviriam de base para uma vida inteira: sempre o espírito aventureiro, as atividades físicas e, ao mesmo tempo, a literatura, o hábito de escrever, o cinema, as artes plásticas, o teatro – a sensibilidade e o vigor físico. Mas nunca a Academia de Letras, nunca o convívio social marcado por regras e jogos de bastidores. José Mauro se tornaria um homem brilhante, porém muito simples.

Ainda em Natal, frequentou dois anos do curso de Medicina, mas não resistiu: sua personalidade irrequieta impeliu-o a voltar para o Rio de Janeiro, fazendo a viagem a bordo de um navio cargueiro. Uma simples maleta de papelão era a sua bagagem. A partir do Rio de Janeiro, iniciou uma peregrinação pelo Brasil afora: foi treinador de boxe e carregador de banana na capital carioca, pescador no litoral fluminense, professor primário num núcleo de pescadores em Recife, garçom em São Paulo...

Toda essa experiência, associada a uma memória e imaginação privilegiadas e à enorme facilidade de contar histórias, resultou em uma obra literária de qualidade reconhecida internacionalmente: foram 22 livros, entre romances e contos, com traduções publicadas na Europa, nos Estados Unidos, na América Latina e no Japão. Alguns de seus livros ganharam versões para o cinema e o teatro.

A estreia ocorreu aos 22 anos, com *Banana Brava* (1942), que retrata o homem embrutecido nos garimpos do sertão de Goiás, no Centro-Oeste do Brasil. Apesar de alguns artigos favoráveis dedicados ao romance, o sucesso não aconteceu. Em seguida, veio *Barro Blanco* (1945), que tem como pano de fundo as salinas de Macau, cidade do Rio Grande do Norte. Surgia, então, a veia regionalista do autor, que seguiria com *Arara Vermelha* (1953), *Farinha Órfã* (1970) e *Chuva Crioula* (1972).

Seu método de trabalho era peculiar. Escolhia os cenários das histórias e então se transportava para lá. Antes de escrever *Arara Vermelha*, percorreu cerca de 3 mil quilômetros pelo sertão, realizando estudos minuciosos que dariam base ao romance. Aos jornalistas, dizia: "Escrevo meus livros em poucos dias. Mas, em compensação, passo anos ruminando ideias. Escrevo tudo à máquina. Faço um capítulo inteiro e depois é que releio o que escrevi. Escrevo a qualquer hora, de dia ou de noite. Quando estou escrevendo, entro em transe. Só paro de bater nas teclas da máquina quando os dedos doem".

A enorme influência que o convívio com os indígenas exerceu em sua vida (costumava viajar para o "meio do mato" pelo menos uma vez por ano) não tardaria a aparecer em sua obra. Em 1949 publicava *Longe da Terra*, em que conta sua experiência e aponta os prejuízos à cultura indígena causados pelo contato com os brancos. Era o primeiro de uma extensa lista de livros indigenistas: *Arraia de Fogo* (1955), *Rosinha, Minha Canoa* (1962), *O Garanhão das Praias* (1964), *As Confissões de Frei Abóbora* (1966) e *Kuryala: Capitão e Carajá* (1979).

Essa produção resultou de uma importante atividade que o ainda jovem José Mauro exerceu ao lado dos irmãos Villas-Bôas, sertanistas e indigenistas brasileiros, enveredando-se pelo sertão da região do Araguaia, no Centro-Oeste do país. Os irmãos Villas-Bôas – Orlando, Cláudio e Leonardo – lideraram a expedição Roncador-Xingu, iniciada em 1943, ligando o Brasil interior ao Brasil litorâneo. Contataram povos indígenas desconhecidos, cartografaram terras, abriram as rotas do Brasil central.

O livro *Rosinha, Minha Canoa*, em que contrapõe a cultura do sertão primitivo à cultura predatória e corruptora do branco dito civilizado, foi o primeiro grande sucesso. Mas a obra que alcançaria maior reconhecimento do público viria seis anos depois, sob o título *O Meu Pé de Laranja Lima*. Relato autobiográfico, o livro conta a história de uma criança pobre que, incompreendida, foge do mundo real pelos caminhos da imaginação. O romance conquistou os leitores brasileiros, do extremo norte ao extremo sul, quebrando todos os recordes de vendas. Na época, o escritor afirmava: "Tenho um público que vai dos 6 aos 93 anos. Não é só aqui no Rio de Janeiro ou em São Paulo, mas em todo o Brasil. Meu livro *Rosinha, Minha Canoa* é utilizado em curso de português na Sorbonne, em Paris".

O que mais impressionava à crítica era o fato de *O Meu Pé de Laranja Lima* ter sido escrito em apenas 12 dias. "Porém estava dentro de mim havia anos, havia 20 anos", dizia José Mauro. "Quando a história está inteiramente feita na imaginação é que começo a escrever. Só trabalho quando tenho a impressão de que o romance está saindo por todos os poros do corpo. Então, vai tudo a jato."

O Meu Pé de Laranja Lima já vendeu mais de dois milhões de exemplares. As traduções se multiplicaram: *Barro Blanco* foi editado na Hungria, Áustria, Argentina e Alemanha; *Arara Vermelha*, na Alemanha, Áustria, Suíça, Argentina, Holanda e Noruega; e *O Meu Pé de Laranja Lima* foi publicado em cerca de 15 países...

Vamos Aquecer o Sol (1972) e *Doidão* (1963) são títulos que junto com *O Meu Pé de Laranja Lima* compõem a sequência autobiográfica de José Mauro, apesar de o autor ter iniciado a trilogia com o relato de sua adolescência e juventude em *Doidão*. *Longe da Terra* e *As Confissões de Frei Abóbora* também apresentam elementos referentes à vida do autor. No rol das obras de José Mauro incluem-se, ainda, livros centrados em dramas existenciais – *Vazante* (1951), *Rua Descalça* (1969) e *A Ceia* (1975) – e outros dedicados a um público mais jovem, que discutem questões humanísticas – *Coração de Vidro* (1964), *O Palácio Japonês* (1969), *O Veleiro de Cristal* (1973) e *O Menino Invisível* (1978).

Ao lado do gaúcho Erico Verissimo e do baiano Jorge Amado, José Mauro era um dos poucos escritores brasileiros que podiam viver exclusivamente de direitos autorais. No entanto, seu talento não brilhava apenas na literatura.

Além de escritor, foi jornalista, radialista, pintor, modelo e ator. Por causa de seu belo porte físico, representou o papel de galã em diversos filmes e novelas. Ganhou prêmios por sua atuação em *Carteira Modelo 19*, *A Ilha* e *Mulheres e Milhões*.

Foi também modelo para o Monumento à Juventude, esculpido no jardim do antigo Ministério da Educação, no Rio de Janeiro, em 1941, por Bruno Giorgi (1905-1993), escultor brasileiro reconhecido internacionalmente.

José Mauro de Vasconcelos só não teve êxito mesmo em uma área: a Academia. Na década de 1940, chegou até a ganhar uma bolsa de estudo na Espanha, mas, após uma semana, decidiu abandonar a vida acadêmica e correr a Europa. Seu espírito aventureiro falara mais alto.

O sucesso do autor deve-se, principalmente, à facilidade de comunicação com seus leitores. José Mauro explicava: "O que atrai meu público deve ser a minha simplicidade, o que eu acho que seja simplicidade. Os meus personagens falam linguagem regional. O povo é simples como eu. Como já disse, não tenho nada de aparência de escritor. É a minha personalidade que está se expressando na literatura, o meu próprio eu".

José Mauro de Vasconcelos faleceu em 24 de julho de 1984, aos 64 anos.

Dados Internacionais de Catalogação na Publicação (CIP)
(Câmara Brasileira do Livro, SP, Brasil)

Vasconcelos, José Mauro de, 1920-1984
 O palácio japonês / José Mauro de Vasconcelos; ilustrações Jayme Cortez, Laurent Cardon; suplemento de leitura de Luiz Antonio Aguiar. – 4. ed. São Paulo: Editora Melhoramentos, 2019.

ISBN: 978-85-06-08417-5

1. Ficção juvenil I. Cortez, Jayme. II. Cardon, Laurent. III. Aguiar, Luiz Antonio. IV. Título.

19-27254   CDD-028.5

Índices para catálogo sistemático:
1. Ficção: Literatura juvenil 028.5

Maria Paula C. Riyuzo - Bibliotecária - CRB-8/7639

Edição revisada conforme o Acordo Ortográfico da Língua Portuguesa

Projeto e diagramação: APIS design
Suplemento de leitura: Luiz Antonio Aguiar
Ilustração de capa: Laurent Cardon
Ilustrações de miolo: Jayme Cortez

© José Mauro de Vasconcelos

Direitos de publicação:
© 1969, 1999 Cia. Melhoramentos de São Paulo
© 2012, 2019 Editora Melhoramentos Ltda.
Todos os direitos reservados.

4ª edição, julho de 2019
ISBN 978-85-06-08417-5

Atendimento ao consumidor:
Caixa Postal 729 – CEP 01031-970
São Paulo – SP – Brasil
Tel.: (11) 3874-0880
www.editoramelhoramentos.com.br
sac@melhoramentos.com.br

Impresso no Brasil